# स्वप्न

(व्याख्या, प्रत्येक धर्म में)

## अब्दुल वहीद

# स्वप्न
## (व्याख्या, प्रत्येक धर्म में)
# dream
## (Explanation, in each religion)

अब्दुल वहीद

## CERTIFICATE OF PUBLISHING

We're proud to present this certificate of publishing to

Abdul Waheed

for successfully publishing

DREAM (INTERPRETATION, IN EACH RELIGION)

on. 14-02-2023

*"A writer's life and work are not a gift to mankind; they're a necessity"* ~ Toni Morrison

# समर्पण

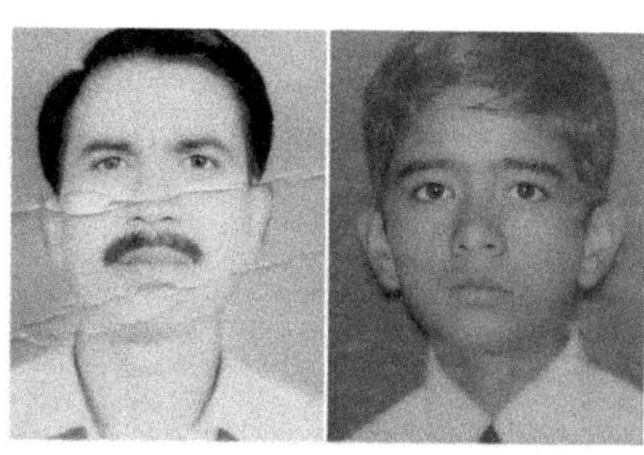

यह पुस्तक मेरे स्वर्गीय पिताजी हाजी उबैदुरहमान ( मुन्नाभाई) तथा छोटा भाई अब्दुल हमीद की याद में समर्पित है।

ईश्वर (अल्लाह) उनकी आत्मा को शांति दे।

आमीन।

# विषय सूची


| क्रमांक | विषय | पृष्ठ संख्या |
|---|---|---|
| 1 | भूमिका | 6 |
| 2 | स्वप्न एक अध्ययन | 7 |
| 3 | हिन्दू धर्म में स्वप्न | 25 |
| 4 | अब्राहिमिक धर्म में स्वप्न | 26 |
| 5 | ईसाई धर्म में स्वप्न | 27 |
| 6 | बौद्ध धर्म में स्वप्न | 28 |
| 7 | चीनी धर्म में स्वप्न | 29 |
| 8 | इस्लाम धर्म में स्वप्न | 33 |
| 9 | पवित्र कुरआन की दृष्टि में | 41 |
| 10 | स्वप्न का विवरण हदीस में | 47 |
| 11 | मेरी अन्य पुस्तकें | 75 |
| 12 | अपना व्यक्तिगत परिचय | 78 |

# भूमिका

इंसान के जीवन में स्वप्न अर्थात सपने की अत्यधिक महत्वपूर्ण उपयोगिता है, यदि दिन में वह जगता है तो रात भर सपने देखता है, यह एक ऐसा रहस्य जो प्राचीन काल से अब तक खोज निरंतर चली आ रही है। इसकी व्याख्या प्रत्येक धर्म में अलग अलग तरीके से की गई है। कुछ लोगों का यह कहना है कि स्वप्न देखते समय आत्मा शरीर से निकल जाती है लेकिन कुछ का कहना है कि ऐसा नहीं होता है, दिमाग में ही रहती है यही मतभेद प्राचीन काल से चले आ रहे हैं फिर भी यह एक आज तक अध्ययन का विषय बना रहा है। कुछ लोगों का यह भी कहना है कि स्वप्न में इंसान की आत्मा किसी पैरालल दुनिया में चला जाता है अर्थात हूबहू इसी प्रकार की दूसरी दुनिया है जिसमें वह जो भी करता है बिल्कुल सच होता है। यह पुस्तक इसी विषय पर लिखी गई है, इस पुस्तक में स्वप्न को विज्ञान के माध्यम से बताया गया है और प्रत्येक धर्म में इसका किस प्रकार से चर्चा है वह भी बताया गया है। कृपया इसका अध्ययन करें यदि कोई आपके विचार में या ज्ञान में इस विषय पर कोई चर्चा हो तो कृपया जरूर अवगत करें, जिससे मैं आप की जानकारी इस पुस्तक में शेयर कर सकू,

धन्यवाद।

दिनांक -12/02/2022

## स्वप्न एक अध्ययन

एक सपना छवियों, विचारों, भावनाओं और संवेदनाओं का एक क्रम है जो आमतौर पर नींद के कुछ चरणों के दौरान मन में अनैच्छिक रूप से घटित होता है।  मनुष्य प्रति रात सपने देखने में लगभग दो घंटे व्यतीत करता है,  और प्रत्येक सपना लगभग 5 से 20 मिनट तक रहता है, हालांकि सपने देखने वाले को यह सपना इससे कहीं अधिक लंबा लग सकता है।

सूर्योदय से पहले एक लड़की का सपना c. 1830-33 कार्ल ब्रायलोव द्वारा (1799-1852)

पूरे दर्ज इतिहास में सपनों की सामग्री और कार्य वैज्ञानिक, दार्शनिक और धार्मिक रुचि के विषय रहे हैं।  तीसरी सहस्राब्दी ईसा पूर्व] में बेबीलोनियों द्वारा और यहां तक कि प्राचीन सुमेरियों द्वारा अभ्यास की गई स्वप्न व्याख्या,कई परंपराओं में धार्मिक ग्रंथों में प्रमुखता से दिखाई देती है, और मनोचिकित्सा में एक प्रमुख भूमिका निभाई है।

सपनों के वैज्ञानिक अध्ययन को वनिरोलॉजी कहा जाता है। अधिकांश आधुनिक सपनों का अध्ययन सपनों के न्यूरोफिज़ियोलॉजी और सपनों के कार्य के बारे में परिकल्पनाओं का प्रस्ताव और परीक्षण करने पर केंद्रित है।  यह ज्ञात नहीं है कि मस्तिष्क में सपनों की उत्पत्ति कहाँ से होती है, यदि सपनों के लिए एक ही उत्पत्ति है या यदि मस्तिष्क के कई क्षेत्र शामिल हैं, या सपने देखने का उद्देश्य शरीर या मन के लिए क्या है।

मानव स्वप्न अनुभव और इसे क्या बनाया जाए, इतिहास के दौरान बड़े बदलाव हुए हैं।

बहुत पहले, मेसोपोटामिया और प्राचीन मिस्र के लेखों के अनुसार, सपनों ने बाद के सहस्राब्दी में सपने के बाद के व्यवहारों को एक हद तक कम कर दिया।  सपनों के बारे में ये प्राचीन लेख मुलाक़ात के सपनों को उजागर करते हैं, जहाँ एक स्वप्न आकृति, आमतौर पर एक देवता या एक प्रमुख पूर्वाभास, सपने देखने वाले को विशिष्ट कार्रवाई करने का आदेश देता है और भविष्य की घटनाओं की भविष्यवाणी कर सकता है।  सपने के अनुभव को तैयार करना संस्कृतियों के साथ-साथ समय के साथ बदलता रहता है।

स्वप्न और निद्रा आपस में जुड़े हुए हैं।  सपने मुख्य रूप से नींद के रैपिड-आई मूवमेंट (आरईएम) चरण में आते हैं - जब मस्तिष्क की गतिविधि अधिक होती है और जागने के समान होती है।  क्योंकि REM नींद कई प्रजातियों में पता लगाने योग्य है, और क्योंकि शोध से पता चलता है कि सभी स्तनधारी REM का अनुभव करते हैं, सपनों को REM नींद से जोड़कर अनुमान लगाया गया है कि जानवर सपने देखते हैं।  हालांकि, मनुष्य गैर-आरईएम नींद के दौरान भी सपने देखते हैं, और सभी आरईएम जागरण सपने की सूचना नहीं देते हैं। अध्ययन करने के लिए, एक सपने को पहले एक मौखिक रिपोर्ट में कम किया जाना चाहिए, जो विषय की सपने की स्मृति का लेखा-जोखा है, न कि स्वयं विषय के सपने का अनुभव।  इसलिए, गैर-मनुष्यों द्वारा सपने देखना वर्तमान में अप्राप्य है, जैसा कि मानव भ्रूणों और पूर्व-मौखिक शिशुओं द्वारा सपना देखा जा रहा है।

## नींद का तंत्रिका विज्ञान

मन-मस्तिष्क की समस्या की खोज करने वाले वैज्ञानिकों के बीच स्वप्न अध्ययन लोकप्रिय है। कुछ "स्वप्न घटना विज्ञान के पहलुओं को न्यूरोबायोलॉजी तक कम करने का प्रस्ताव करते हैं।"लेकिन वर्तमान विज्ञान स्वप्न शरीर विज्ञान को विस्तार से निर्दिष्ट नहीं कर सकता है। अधिकांश देशों में प्रोटोकॉल मानव मस्तिष्क अनुसंधान को गैर-इनवेसिव प्रक्रियाओं तक सीमित रखते हैं। संयुक्त राज्य अमेरिका में, मानव विषय के साथ आक्रामक मस्तिष्क प्रक्रियाओं की अनुमति केवल तभी दी जाती है जब इन्हें उसी मानव विषय की चिकित्सा आवश्यकताओं को पूरा करने के लिए शल्य चिकित्सा उपचार में आवश्यक माना जाता है।

इलेक्ट्रोएन्सेफलोग्राम (ईईजी) वोल्टेज औसत या सेरेब्रल रक्त प्रवाह जैसे मस्तिष्क गतिविधि के गैर-इनवेसिव उपायों से छोटी लेकिन प्रभावशाली न्यूरोनल आबादी की पहचान नहीं की जा सकती है।  इसके अलावा, fMRI संकेत यह समझाने में बहुत धीमे हैं कि मस्तिष्क वास्तविक समय में कैसे गणना करता है।

कुछ मस्तिष्क कार्यों पर शोध करने वाले वैज्ञानिक पशु विषयों की जांच करके वर्तमान प्रतिबंधों के आसपास काम कर सकते हैं।  जैसा कि सोसाइटी फॉर न्यूरोसाइंस द्वारा कहा गया है, "चूंकि कोई पर्याप्त विकल्प मौजूद नहीं है, इस शोध का अधिकांश हिस्सा पशु विषयों पर किया जाना चाहिए।"  सपनों के न्यूरोफिज़ियोलॉजी को रोशन करने के लिए कठिन तथ्य।  मस्तिष्क के घावों वाले मानव विषयों की जांच सुराग प्रदान कर सकती है, लेकिन घाव की विधि विनाश और वियोग के प्रभावों के बीच भेदभाव नहीं कर सकती है और मस्तिष्क के तने जैसे विषम क्षेत्रों में विशिष्ट न्यूरोनल समूहों को लक्षित नहीं कर सकती है।

### रैपिड आई मूवमेंट स्लीप

पूर्व-शास्त्रीय युग में मनुष्यों के लिए, और कुछ गैर-साक्षर आबादी के लिए आधुनिक समय में जारी रहने के लिए, सपनों को देवताओं या अन्य बाहरी संस्थाओं से नींद के दौरान प्राप्त सत्य के प्रकटकर्ता के रूप में कार्य करने के लिए माना जाता है।

प्राचीन मिस्रवासियों का मानना था कि सपने ईश्वरीय रहस्योद्घाटन प्राप्त करने का सबसे अच्छा तरीका है, और इस प्रकार वे सपनों को प्रेरित (या "इनक्यूबेट") करेंगे। वे अभयारण्यों में गए और देवताओं से सलाह, आराम, या उपचार प्राप्त करने की आशा में विशेष "सपनों की शय्या" पर सोए।

डार्विनियन दृष्टिकोण से सपनों को किसी प्रकार की जैविक आवश्यकता को पूरा करना होगा, प्राकृतिक चयन के लिए कुछ लाभ प्रदान करना होगा, या कम से कम फिटनेस पर कोई नकारात्मक प्रभाव नहीं पड़ेगा। रॉबर्ट (1886), हैम्बर्ग के एक चिकित्सक, पहले थे जिन्होंने सुझाव दिया कि सपने एक आवश्यकता हैं और उनके पास (ए) संवेदी छापों को मिटाने का कार्य है जो पूरी तरह से काम नहीं कर रहे थे, और (बी) विचार जो थे दिन के दौरान पूरी तरह से विकसित नहीं हुआ। सपनों में, अधूरी सामग्री को या तो हटा दिया जाता है (दबा दिया जाता है) या गहरा कर स्मृति में शामिल कर लिया जाता है। फ्रायड, जिनके सपनों का अध्ययन सपनों की व्याख्या करने पर केंद्रित था, यह नहीं समझाते कि मनुष्य कैसे और क्यों सपने देखते हैं, रॉबर्ट की परिकल्पना पर विवाद किया और प्रस्तावित किया कि सपने उन इच्छाओं को पूरा करके नींद को संरक्षित करते हैं जो अन्यथा सपने देखने वाले को जागृत कर देते। फ्रायड ने लिखा है कि सपने "जागने के बजाय लंबी नींद के उद्देश्य को पूरा करते हैं। सपने नींद के संरक्षक होते हैं न कि इसके विघ्न डालने वाले।"

तारास शेवचेंको

1953 में स्वप्न क्रिया के बारे में सिद्धांत बनाने में एक महत्वपूर्ण मोड़ आया, जब विज्ञान ने असेरिंस्की और क्लेटमैन पेपर प्रकाशित किया REM नींद को नींद के एक अलग चरण के रूप में स्थापित किया और सपनों को REM नींद से जोड़ा।

सोलम्स 2000 पेपर के प्रकाशन तक और उसके बाद भी, जिसने आरईएम नींद और सपने की घटनाओं की अलग-अलगता को प्रमाणित किया,सपनों के कार्य को उजागर करने के लिए कई अध्ययन वास्तव में सपने नहीं बल्कि औसत दर्जे की आरईएम नींद का अध्ययन कर रहे हैं।

REM नींद की पहचान के बाद से स्वप्न कार्य के सिद्धांतों में शामिल हैं:

हॉबसन और मैककार्ले की 1977 सक्रियण-संश्लेषण परिकल्पना, जिसने "सीखने की प्रक्रिया के कुछ पहलू को बढ़ावा देने में सपने देखने की नींद के लिए एक कार्यात्मक भूमिका" प्रस्तावित की।

क्रिक और मिचिसन का 1983 का "रिवर्स लर्निंग" सिद्धांत, जो बताता है कि सपने कंप्यूटर की सफाई के संचालन की तरह होते हैं जब वे ऑफलाइन होते हैं, नींद के दौरान दिमाग से परजीवी नोड्स और अन्य "जंक" को हटाते हैं (दबाते हैं)।

हार्टमैन का 1995 का प्रस्ताव है कि सपने एक "अर्ध-चिकित्सीय" कार्य करते हैं, जिससे सपने देखने वाले को एक सुरक्षित स्थान पर आघात से निपटने में मदद मिलती है।

रेवोनसुओ की 2000 की थ्रेट सिमुलेशन परिकल्पना, जिसका आधार यह है कि मानव विकास के दौरान, शारीरिक और पारस्परिक खतरे गंभीर थे, जो उन लोगों को

प्रजनन लाभ देते थे जो उनसे बच गए थे।  इन खतरों की नकल करके और सपने देखने वालों को उनसे निपटने के लिए अभ्यास प्रदान करके सपने देखने से जीवित रहने में मदद मिली।

ईगलमैन और वॉन का 2021 का रक्षात्मक सक्रियण सिद्धांत, जो कहता है कि, मस्तिष्क की न्यूरोप्लास्टिसिटी को देखते हुए, सपने नींद की विस्तारित अवधि के अंधेरे के दौरान एक दृश्य मतिभ्रम गतिविधि के रूप में विकसित हुए, ओसीसीपिटल लोब को व्यस्त कर दिया और इस तरह इसे अन्य, गैर-दृष्टि, अर्थ द्वारा संभावित विनियोग से बचाया।  संचालन।

कृत्रिम तंत्रिका नेटवर्क के आधार पर एरिक होएल का प्रस्ताव है, कि सपने पिछले अनुभवों को ओवरफिट करने से रोकते हैं;  अर्थात्, वे स्वप्नदृष्टा को नई स्थितियों से सीखने में सक्षम बनाते हैं।

मनोविश्लेषण और पूर्वज्ञान

यूसुफ ने फिरौन के सपने की व्याख्या की c. 1896-1902।  जैक्स जोसेफ टिसोट (1836-1902)।

19वीं सदी के अंत में, मनोविश्लेषण के संस्थापक, ऑस्ट्रियाई न्यूरोलॉजिस्ट सिगमंड फ्रायड ने सिद्धांत दिया कि सपने सपने देखने वाले के अचेतन मन को दर्शाते हैं और विशेष रूप से यह कि सपने की सामग्री अचेतन इच्छा पूर्ति द्वारा आकार लेती है।  उन्होंने तर्क दिया कि महत्वपूर्ण अचेतन इच्छाएं अक्सर प्रारंभिक बचपन की यादों और अनुभवों से संबंधित होती हैं।

कार्ल जंग और अन्य ने फ्रायड के विचार पर विस्तार किया कि सपने की सामग्री सपने देखने वाले की अचेतन इच्छाओं को दर्शाती है।

स्वप्न की व्याख्या व्यक्तिपरक विचारों और अनुभवों का परिणाम हो सकती है। एक अध्ययन में पाया गया कि अधिकांश लोगों का मानना है कि "उनके सपने अर्थपूर्ण छिपे हुए सत्य प्रकट करते हैं"।

शोधकर्ताओं ने संयुक्त राज्य अमेरिका, दक्षिण कोरिया और भारत में छात्रों का सर्वेक्षण किया और पाया कि 74% भारतीय, 65% दक्षिण कोरियाई और 56% अमेरिकी मानते हैं कि उनकी सपनों की सामग्री ने उन्हें उनकी अचेतन मान्यताओं और इच्छाओं में सार्थक अंतर्दृष्टि प्रदान की। सपने देखने के फ्रायडियन दृष्टिकोण को सपने देखने के सिद्धांतों से काफी अधिक माना जाता था जो स्मृति समेकन, समस्या-समाधान, या असंबंधित मस्तिष्क गतिविधि के उपोत्पाद के रूप में सपने की सामग्री को विशेषता देता है।

इसी अध्ययन में पाया गया कि लोग जागते समय होने वाली समान विचार सामग्री की तुलना में सपनों की सामग्री को अधिक महत्व देते हैं। अमेरिकियों को यह रिपोर्ट करने की अधिक संभावना थी कि यदि वे अपने विमान के दुर्घटनाग्रस्त होने का सपना देखते हैं तो वे जानबूझकर अपनी उड़ान को याद करेंगे, अगर वे उड़ान भरने से पहले रात को अपने विमान के दुर्घटनाग्रस्त होने के बारे में सोचते हैं (जागते समय), और यदि वे अपनी उड़ान को याद करने की संभावना रखते हैं अपनी उड़ान से एक रात पहले अपने विमान के दुर्घटनाग्रस्त होने का सपना देखा जैसे कि जिस मार्ग पर वे ले जाना चाहते थे उस पर एक वास्तविक विमान दुर्घटना हुई थी। अध्ययन में भाग लेने वालों को सपने देखने की अधिक संभावना थी जब सपनों की सामग्री जागते समय उनकी मान्यताओं और इच्छाओं के अनुसार थी। वे एक मित्र के बारे में एक सकारात्मक सपने को देखने की अधिक संभावना रखते थे, उदाहरण के लिए, किसी के बारे में एक सकारात्मक सपने की तुलना में सार्थक होने के लिए,

और किसी व्यक्ति के बारे में एक नकारात्मक सपने को देखने की अधिक संभावना थी, जिसे वे किसी व्यक्ति के बारे में एक नकारात्मक सपने की तुलना में सार्थक के रूप में नापसंद करते थे।  उन्हें पसंद आया।

सर्वेक्षणों के अनुसार, लोगों के लिए यह महसूस करना आम है कि उनके सपने बाद के जीवन की घटनाओं की भविष्यवाणी कर रहे हैं। मनोवैज्ञानिकों ने इन अनुभवों को स्मृति पूर्वाग्रहों के संदर्भ में समझाया है, अर्थात् सटीक भविष्यवाणियों और विकृत स्मृति के लिए एक चयनात्मक स्मृति ताकि सपनों को जीवन के अनुभवों पर पूर्वव्यापी रूप से फिट किया जा सके।

सपनों की बहुआयामी प्रकृति स्वप्न सामग्री और वास्तविक घटनाओं के बीच संबंध खोजना आसान बनाती है। "सत्यात्मक स्वप्न" शब्द का प्रयोग उन स्वप्नों को इंगित करने के लिए किया गया है जो उन सत्यों को प्रकट करते हैं या समाहित करते हैं जो अभी तक स्वप्नद्रष्टा को ज्ञात नहीं हैं, चाहे भविष्य की घटनाएँ हों या रहस्य।

एक प्रयोग में, विषयों को अपने सपनों को एक डायरी में लिखने के लिए कहा गया। इसने चयनात्मक स्मृति प्रभाव को रोका, और सपने अब भविष्य के बारे में सटीक नहीं लग रहे थे।   एक अन्य प्रयोग ने विषयों को स्पष्ट रूप से पूर्वज्ञानी सपनों के साथ एक छात्र की नकली डायरी दी।  इस डायरी में व्यक्ति के जीवन की घटनाओं के साथ-साथ कुछ भविष्य कहनेवाला सपने और कुछ गैर-भविष्यवाणी वाले सपने भी बताए गए हैं।  जब विषयों को उनके द्वारा पढ़े गए सपनों को याद करने के लिए

कहा गया, तो उन्हें असफल भविष्यवाणियों की तुलना में अधिक सफल भविष्यवाणियां याद रहीं।

---

सपनों को याद रखना बेहद अविश्वसनीय है, हालांकि यह एक ऐसा कौशल है जिसे प्रशिक्षित किया जा सकता है। सपने आमतौर पर याद किए जा सकते हैं यदि कोई व्यक्ति सपने देखते समय जाग जाता है। पुरुषों की तुलना में महिलाओं में स्वप्न स्मरण की प्रवृत्ति अधिक होती है।

जिन सपनों को याद करना मुश्किल होता है, उन्हें अपेक्षाकृत कम प्रभाव की विशेषता हो सकती है, और स्वप्न स्मरण में प्रमुखता, उत्तेजना और हस्तक्षेप जैसे कारक भूमिका निभाते हैं। अक्सर, एक याद्‌च्छिक ट्रिगर या उत्तेजना को देखने या सुनने पर एक सपना याद किया जा सकता है। प्रमुख परिकल्पना का प्रस्ताव है कि स्वप्न सामग्री जो प्रमुख है, जो कि उपन्यास, तीव्र या असामान्य है, अधिक आसानी से याद की जाती है। इस बात के काफी प्रमाण हैं कि विशद, गहन, या असामान्य स्वप्न सामग्री को अधिक बार याद किया जाता है। व्यक्तिगत रुचि या मनोचिकित्सा उद्देश्यों के लिए सपने को याद रखने में सहायता के लिए एक सपने की पत्रिका का उपयोग किया जा सकता है।

वयस्क प्रति सप्ताह औसतन लगभग दो सपने याद रखने की रिपोर्ट करते हैं। जब तक कोई सपना विशेष रूप से ज्वलंत न हो और यदि कोई इसके दौरान या तुरंत बाद जागता है, तो सपने की सामग्री को आमतौर पर याद नहीं किया जाता है।

सपनों को रिकॉर्ड करने या पुनर्निर्माण करने से एक दिन सपने को याद करने में मदद मिल सकती है। अनुमत गैर-इनवेसिव तकनीकों, कार्यात्मक चुंबकीय अनुनाद इमेजिंग (fMRI) और इलेक्ट्रोमोग्राफी (EMG) का उपयोग करते हुए, शोधकर्ता बुनियादी स्वप्न कल्पना, स्वप्न भाषण गतिविधि और स्वप्न मोटर व्यवहार (जैसे चलना और हाथ) की पहचान करने में सक्षम हैं। आंदोलन)

प्रमुख परिकल्पना के अनुरूप, इस बात के काफी प्रमाण हैं कि जिन लोगों के पास अधिक ज्वलंत, तीव्र या असामान्य सपने होते हैं, वे बेहतर याद करते हैं। इस बात के प्रमाण हैं कि चेतना की निरंतरता स्मरण से संबंधित है। विशेष रूप से, जिन लोगों को दिन के दौरान विशद और असामान्य अनुभव होते हैं, उनके पास अधिक यादगार स्वप्न सामग्री होती है और इसलिए बेहतर स्वप्न स्मरण होता है। जो लोग रचनात्मकता, कल्पना, और फंतासी से जुड़े व्यक्तित्व लक्षणों के उपायों पर उच्च स्कोर करते हैं, जैसे कि अनुभव के लिए खुलापन, दिवास्वप्न, फंतासी की स्पष्टता, अवशोषण और कृत्रिम निद्रावस्था की संवेदनशीलता, अधिक बार स्वप्न स्मरण दिखाने की प्रवृति रखते हैं। सपने देखने और जाग्रत अनुभव के विचित्र पहलुओं के बीच निरंतरता के प्रमाण भी हैं। यही है, जो लोग दिन के दौरान अधिक विचित्र अनुभवों की रिपोर्ट करते हैं, जैसे कि स्किज़ोटाइपी (मनोविकार प्रवणता) में उच्च लोग, अधिक बार स्वप्न याद करते हैं और अधिक बार दुःस्वप्न की रिपोर्ट करते हैं।

# सपना

नींद का अनुभव

सपना, एक मतिभ्रम अनुभव जो नींद के दौरान होता है।


आइवरी डिप्टीच
अभाव स्वप्नकार्य

सपने देखना, नींद की एक सामान्य और विशिष्ट घटना, पूरे मानव इतिहास में इसकी रहस्यमय प्रकृति के संबंध में कल्पनाशील और प्रयोगात्मक दोनों तरह की असंख्य मान्यताओं, भय और अनुमानों को जन्म देती है। हालाँकि वर्गीकरण की दिशा में कोई भी प्रयास अपर्याप्तताओं के अधीन होना चाहिए, फिर भी सपनों के बारे में मान्यताएँ विभिन्न वर्गीकरणों में आती हैं, जो इस पर निर्भर करता है कि क्या सपनों को वास्तविकता का प्रतिबिंब, अटकल के स्रोत, उपचारात्मक अनुभव या अचेतन गतिविधि का प्रमाण माना जाता है।


स्वप्न देखने का अध्ययन करने का प्रयास
स्वप्न की रिपोर्ट


समझें कि अंधे लोग कैसे सपने देखते हैं और वे कैसे कल्पना करते हैं और अपने आसपास की दुनिया को कैसे समझते हैं
जानें कि अंधे लोग कैसे सपने देखते हैं। इस लेख के लिए सभी वीडियो देखें
जिस तरह से लोग सपने देखते हैं वह स्पष्ट रूप से प्रत्यक्ष अवलोकन को अस्वीकार करता है। ऐसा कहा गया है कि प्रत्येक सपना "एक व्यक्तिगत दस्तावेज़, स्वयं के लिए एक पत्र है" और इसका अनुमान लोगों के अवलोकन योग्य व्यवहार से लगाया जाना चाहिए। इसके अलावा, अवलोकन के तरीके और उद्देश्य अनुमानित सपनों के बारे में निकाले जाने वाले निष्कर्षों को स्पष्ट रूप से प्रभावित करते हैं। घर पर सुबह जागने के बाद लोगों से एकत्र किए गए सपनों की रिपोर्ट प्रयोगशाला विषयों की तुलना में स्पष्ट यौन और भावनात्मक प्रकृति की अधिक सामग्री प्रदर्शित करती है। रंगीन सपने देखने जैसे अनुभवों का उल्लेख शायद ही कभी अनायास किया जाता है, लेकिन सावधानीपूर्वक पूछताछ के बाद अक्सर ये सामने आते हैं। सुबह के सपनों की रिपोर्ट आम तौर पर रात में एकत्र किए गए सपनों की तुलना में अधिक

समृद्ध और अधिक जटिल होती है। तत्काल स्मरण, लंबे समय तक जागने के बाद बताई गई बात से भिन्न होता है। प्रत्येक व्यक्ति के सपनों के अद्वितीय गुणों के बावजूद, लोग जो कहते हैं कि उन्होंने सपना देखा है उसकी सामान्य विशेषताओं का वर्णन करने के लिए पर्याप्त प्रयास किए गए हैं।

व्यक्तियों द्वारा उनके सपनों की लंबाई का अनुमान व्यापक रूप से भिन्न हो सकता है (और अनुमान के अनुसार, सपनों की वास्तविक लंबाई भी व्यापक रूप से भिन्न होती है)। प्रयोगशाला विषयों के बीच सहज रूप से वर्णित सपनों का परिणाम आम तौर पर छोटी रिपोर्ट में होता है; हालाँकि कुछ की लंबाई 1,000 शब्दों से अधिक हो सकती है, इनमें से लगभग 90 प्रतिशत रिपोर्टें 150 शब्दों से कम लंबी हैं। अतिरिक्त जांच के साथ, ऐसी लगभग एक तिहाई रिपोर्टें 300 शब्दों से अधिक लंबी हैं।

कुछ जांचकर्ता बार-बार पाए गए निष्कर्षों से आश्चर्यचकित हुए हैं जो सुझाव देते हैं कि सपने आम तौर पर अनुमान से कम शानदार या विचित्र हो सकते हैं। एक अन्वेषक ने कहा कि दृश्य सपने आम तौर पर वास्तविकता के प्रति वफादार होते हैं - यानी, वे प्रतिनिधित्वात्मक होते हैं। आधुनिक कला से शब्द उधार लेकर कहें तो, सपनों को शायद ही कभी अमूर्त या अतियथार्थवादी के रूप में वर्णित किया जाता है। बहुत छोटे सपनों को छोड़कर, यह बताया गया है कि सपने सामान्य भौतिक परिवेश में घटित होते हैं, जिनमें से लगभग आधे सपने देखने वाले को काफी परिचित लगते हैं। ऐसा कभी-कभार ही होता है कि सेटिंग को विदेशी या अनोखा कहा जाता है।

जाहिरा तौर पर सपने काफी अहंकारी होते हैं, जिसमें सपने देखने वाला खुद को एक भागीदार के रूप में मानता है, हालांकि दूसरों की उपस्थिति को आम तौर पर याद किया जाता है। शायद ही कभी व्यक्ति को खाली, आबादी रहित सपनों की दुनिया याद आती है, और व्यक्ति लगभग दो-तिहाई समय उन लोगों के बारे में सपने देखते हैं जिन्हें वे जानते हैं। आमतौर पर ये लोग करीबी परिचित होते हैं, लगभग 20 प्रतिशत स्वप्न रिपोर्टों में परिवार के सदस्यों का उल्लेख होता है। उल्लेखनीय लोगों या लोगों के अजीब प्रतिनिधित्व की यादें आम तौर पर दुर्लभ होती हैं।

तथाकथित सुस्पष्ट स्वप्न के मामलों में, विषय यह बताते हैं कि वे स्वप्न देख रहे थे जैसा स्वप्न घटित हो रहा था। अधिकांश स्पष्ट सपने देखने वाले यह भी रिपोर्ट करते हैं कि वे सपने की सामग्री को कुछ हद तक निर्देशित या हेरफेर करने में सक्षम

हैं।    हालाँकि, सुस्पष्ट स्वप्न देखने की प्रकृति और यहाँ तक कि धारणा की सुसंगतता पर भी विवाद रहा है।  कुछ शोधकर्ताओं ने सुझाव दिया है कि यह चेतना की एक अनोखी अवस्था है जो जागृति और सामान्य (गैर-स्पष्ट) स्वप्न के तत्वों को जोड़ती है।

विशिष्ट स्वप्न रिपोर्ट दृश्य कल्पना की होती है; वास्तव में, ऐसी कल्पना के अभाव में, व्यक्ति सोते समय घटना को "सपने देखने" के बजाय सोचने के रूप में वर्णित कर सकता है।  श्रवण अनुभव पर हावी सपनों के बारे में दुर्लभ बयान वास्तव में जागने के दावों के साथ दिए जाते हैं।  हालाँकि, कुछ श्रवण विशेषताओं के बिना सपनों के बारे में सुनना असामान्य है।  भावनात्मक रूप से नीरस सपने आना आम बात है।  जब सपनों में भावनात्मक पहलू होते हैं, तो भय और चिंता का सबसे अधिक उल्लेख किया जाता है, उसके बाद क्रोध का;  सुखद भावनाएँ प्रायः मित्रता की होती हैं।  विशेष रूप से प्रयोगशाला सेटिंग्स में अध्ययन किए गए विषयों में, अत्यधिक कामुक सपनों की रिपोर्टें दुर्लभ हैं।

बहुत से लोग बार-बार सपने आने की रिपोर्ट करते हैं, या ऐसे सपने जो कम से कम मामूली बदलावों के साथ छोटी या लंबी अवधि में दोहराए जाते हैं।  कुछ आवर्ती सपने सामान्य विषयों को प्रदर्शित करते हैं, जैसे उड़ने में सक्षम होना, पीछा किया जाना, सार्वजनिक रूप से नग्न होना, या परीक्षा के लिए देर से आना।  हालाँकि आवर्ती सपनों के कारणों या व्याख्या के बारे में विशेषज्ञों के बीच कोई सहमति नहीं है, लेकिन कई शोधकर्ताओं का मानना है कि नकारात्मक आवर्ती सपने व्यक्ति में एक अनसुलझे संघर्ष की उपस्थिति का संकेत हो सकते हैं।

आम तौर पर प्रतिनिधित्वात्मक प्रकृति के बावजूद, सपने किसी तरह अजीब या अजीब लगते हैं।  शायद इसका संबंध समय और उद्देश्य में असंतुलन से है।  कोई अचानक अपने आप को किसी परिचित सभागार में भाषण सुनने के बजाय तलवारबाजी का मैच देखते हुए पा सकता है और अचानक "अगले दृश्य" में एक स्विमिंग पूल के किनारे चल सकता है।  ये अचानक बदलाव अजीबता की भावना पैदा करते हैं, जो सपने देखने वाले की अपने अधिकांश सपनों को स्पष्ट रूप से याद करने में असमर्थता से बढ़ जाता है, जिससे उन्हें एक मंद, रहस्यमय गुणवत्ता मिलती है।

शारीरिक स्वप्न अनुसंधान

स्वप्न अनुसंधान का एक नया युग 1953 में इस खोज के साथ शुरू हुआ कि नींद के दौरान आंखों की तेज़ गति अक्सर यह संकेत देती है कि कोई व्यक्ति सपना देख रहा है। शिकागो विश्वविद्यालय की स्लीप रिसर्च लेबोरेटरी के शोधकर्ताओं ने देखा कि, प्रयोगशाला के विषयों के सो जाने के लगभग एक घंटे बाद, उन्हें अपनी बंद पलकों के नीचे तीव्र नेत्र गति (आरईएम) का अनुभव होने की संभावना थी, साथ ही मस्तिष्क तरंगों में बदलाव का पता चला (द्वारा) इलेक्ट्रोएन्सेफलोग्राफी) एक विद्युत पैटर्न के रूप में जो एक सतर्क जागते व्यक्ति से मिलता जुलता है। जब REM के दौरान विषयों को जगाया गया, तो उन्होंने 27 में से 20 बार ज्वलंत सपनों की सूचना दी; जब उन्हें गैर-आरईएम (एनआरईएम) नींद के दौरान जगाया गया, तो उन्हें 23 में से केवल 4 मामलों में सपने याद आए। बाद के व्यवस्थित अध्ययन ने आरईएम, सक्रिय मस्तिष्क तरंगों (मस्तिष्क गतिविधि में वृद्धि), और स्वप्न स्मरण के बीच इस संबंध की पुष्टि की। स्वप्न देखने के इन अवलोकन योग्य सूचकांकों का उपयोग करते हुए कई हजार प्रयोगात्मक अध्ययन आयोजित किए गए हैं।

एक प्रमुख खोज यह है कि एक ज्वलंत, दृश्य सपने की सामान्य रिपोर्ट मुख्य रूप से आरईएम और बढ़ी हुई मस्तिष्क गतिविधि से जुड़ी होती है। इन संकेतों को प्रदर्शित करते समय उत्तेजित होने पर, लोग लगभग 80 प्रतिशत समय दृश्य कल्पना के साथ सपने याद करते हैं। हालाँकि, उनकी अनुपस्थिति में जागने पर, लोग अभी भी किसी प्रकार की स्वप्न गतिविधि की रिपोर्ट करते हैं, हालाँकि केवल 30 से 50 प्रतिशत समय में। ऐसे मामलों में वे अपने नींद के अनुभवों को अपेक्षाकृत "विचारशील" और यथार्थवादी और जागने के अनुभवों के समान याद रखते हैं।
अध्ययन किए गए सभी स्तनधारियों में डी-स्टेट (डीसिंक्रोनाइज़्ड या स्वप्नदोष) नींद की सूचना दी गई है। यह देखा गया है, उदाहरण के लिए, बंदरों, कुत्तों, बिल्लियों, चूहों, हाथियों, छछूंदरों और ओपोसम्स के बीच; ये लक्षण कुछ पक्षियों और सरीसृपों में भी देखे गए हैं।

प्रयोगशाला जानवरों के बीच चयनित मस्तिष्क संरचनाओं के सर्जिकल विनाश ने स्पष्ट रूप से प्रदर्शित किया है कि डी-स्टेट मस्तिष्क स्टेम के भीतर एक क्षेत्र पर निर्भर करता है जिसे पोंटीन टेगमेंटम (पोन्स देखें) के रूप में जाना जाता है। साक्ष्य इंगित करते हैं कि डी-स्टेट नींद एक तंत्र से जुड़ी होती है जिसमें नॉरपेनेफ्रिन नामक

शारीरिक रसायन शामिल होता है; नींद के अन्य चरणों में मस्तिष्क में एक अन्य रसायन (सेरोटोनिन) शामिल होता प्रतीत होता है। डी-स्टेट नींद से संबंधित पाए जाने वाले अन्य शारीरिक परिवर्तनों में हृदय गति में परिवर्तनशीलता में वृद्धि, श्वसन प्रणाली और यौन अंगों में गतिविधि में वृद्धि, और रक्तचाप में वृद्धि, साथ ही कंकाल की मांसपेशियों की लगभग पूर्ण छूट शामिल है।

जब लोगों को डी-स्टेट गतिविधि प्रकट करने के अवसर से लगातार वंचित किया जाता है (जब भी सपने देखने का ईईजी सबूत होता है तो उन्हें जगाकर), उन्हें सपने देखने से रोकना कठिन होता जा रहा है। ठीक होने वाली रातों में (ऐसे अभाव के बाद), जब व्यक्ति बिना किसी रुकावट के सो सकता है, तो सपने देखने की रिपोर्टों की संख्या में काफी वृद्धि होती है। यह पलटाव प्रभाव बाद की पुनर्प्राप्ति रातों में कुछ हद तक जारी रहता है, यह इस बात पर निर्भर करता है कि व्यक्ति कितनी बुरी तरह से वंचित है।

नींद के आखिरी 6 1/2 से 7 1/2 घंटों में डी-अवस्था के दौरान, लोगों के लगभग 40 प्रतिशत समय अपने आप जागने की संभावना होती है। यह आंकड़ा लगभग स्वप्न स्मरण के समान ही है, जिसमें लगभग 35 प्रतिशत मामलों में विषयों का कहना है कि उन्होंने पिछली रात एक सपना देखा था (लगभग हर तीन या चार रातों में एक बार)। सपने देखने की मात्रा और प्रकार से संबंधित साक्ष्य इस बात पर भी निर्भर करता है कि व्यक्ति कितनी तेजी से जागृत होता है और याद करने के उसके प्रयास की तीव्रता पर निर्भर करता है। कुछ लोग सपनों को औसत से अधिक बार याद करते हैं, जबकि अन्य शायद ही कभी उन्हें रिपोर्ट करते हैं। इन अंतरों का डी-स्टेट नींद की मात्रा से कोई लेना-देना नहीं है। इसके बजाय साक्ष्य यह सुझाव देते हैं कि गैर-स्मरण व्यक्ति की ओर से व्यक्तिगत अनुभवों को दबाने या नकारने की प्रवृति को दर्शाता है।

मनोविश्लेषणात्मक साहित्य ऐसी रिपोर्टों से समृद्ध है जो दर्शाती है कि कोई व्यक्ति जो सपने देखता है वह उसकी जरूरतों के साथ-साथ उसके तत्काल और सुदूर अतीत के अनुभव को भी दर्शाता है। फिर भी, जब डी-स्टेट नींद में कोई व्यक्ति उत्तेजित होता है (उदाहरण के लिए, बोले गए शब्दों से या त्वचा पर पानी की बूंदों से), तो संभावना है कि सपने देखने वाला उत्तेजना (या इसके जैसा कुछ भी) के बारे में सपना देखने की रिपोर्ट करेगा, काफी कम है। ऐसे अध्ययन जिनमें लोगों ने

सोने से पहले ज्वलंत फिल्में देखी हैं, सपनों पर प्रभाव की कुछ संभावना का संकेत देते हैं, लेकिन ऐसे अध्ययन इस प्रभाव की सीमा पर भी जोर देते हैं।  अत्यधिक सुझाव देने वाले लोगों को सपने देखने की संभावना होती है जैसा कि उन्हें सम्मोहन के दौरान करने के लिए कहा जाता है, लेकिन सामान्य जागृति के दौरान प्रत्यक्ष सुझाव का प्रभाव काफी सीमित लगता है।

डी-स्टेट नींद की सामान्य मात्रा में भिन्नता (नींद की औसत अवधि में डी-स्टेट नींद का लगभग 18 से 30 प्रतिशत) स्पष्ट रूप से सपने देखने की मात्रा या सामग्री में अंतर से असंबंधित है।  डी-स्टेट नींद की मात्रा विभिन्न लोगों की दैनिक गतिविधियों या व्यक्तित्व विशेषताओं में व्यापक भिन्नता से स्वतंत्र लगती है; उदाहरण के लिए, वैज्ञानिकों, एथलीटों और कलाकारों के समूहों को डी-स्टेट गतिविधि के संदर्भ में एक दूसरे से अलग नहीं किया जा सकता है।  ऐसा प्रतीत होता है कि सिज़ोफ्रेनिया और बौद्धिक विकलांगता जैसे विकारों का इस तरह की आरईएम-सक्रिय ईईजी नींद में बिताए गए समय पर कोई स्पष्ट रूप से प्रभाव नहीं पड़ता है।"
britannica

<u>प्रमुख विश्व धर्मों में सपनों का स्थान</u> प्रमुखता से है।   प्रारंभिक मनुष्यों के लिए स्वप्न के अनुभव ने, एक व्याख्या के अनुसार, एक मानव "आत्मा" की धारणा को जन्म दिया,जो बहुत अधिक धार्मिक विचारों में एक केंद्रीय तत्व था।   जे. डब्ल्यू. डन ने लिखा लेकिन इसमें कोई वाजिब संदेह नहीं हो सकता कि आत्मा का विचार सबसे पहले आदिम मनुष्य के मन में उसके सपनों के अवलोकन के परिणामस्वरूप उत्पन्न हुआ होगा।   जैसा कि वह अज्ञानी था, वह किसी अन्य निष्कर्ष पर नहीं पहुंच सकता था, लेकिन सपने में, वह अपने सोए हुए शरीर को एक ब्रह्मांड में छोड़कर दूसरे ब्रह्मांड में भटकता चला गया।   ऐसा माना जाता है कि, लेकिन उस जंगली के लिए, 'आत्मा' जैसी किसी चीज़ का विचार मानव जाति के मन में कभी नहीं आया होगा

# हिंदू धर्म में स्वप्न

मांडूक्य उपनिषद में, भारतीय हिंदू धर्म के वेद शास्त्रों का हिस्सा, एक सपना तीन अवस्थाओं में से एक है जो आत्मा अपने जीवनकाल के दौरान अनुभव करती है, अन्य दो अवस्थाएं जाग्रत अवस्था और सुषुप्ति अवस्था हैं।

300 ईसा पूर्व से पहले लिखे गए शुरुआती उपनिषद सपनों के दो अर्थों पर जोर देते हैं।  पहले का कहना है कि सपने केवल आंतरिक इच्छाओं की अभिव्यक्ति होते हैं। दूसरा आत्मा के शरीर छोड़ने और जागृत होने तक निर्देशित होने का विश्वास है।

# अब्राहमिक धर्म में स्वप्न

जैकब का स्वर्गदूतों की सीढ़ी का सपना, सी। 1690. माइकल विलमैन
यहूदी धर्म में, सपनों को दुनिया के अनुभव का हिस्सा माना जाता है जिसकी व्याख्या की जा सकती है और जिससे सबक लिया जा सकता है। तल्मूड, ट्रैक्ट बेराकोट 55-60 में इसकी चर्चा की गई है।
प्राचीन इब्रियों ने अपने सपनों को अपने धर्म के साथ बहुत अधिक जोड़ा, हालांकि इब्रियों एकेश्वरवादी थे और उनका मानना था कि सपने केवल एक ईश्वर की आवाज थे। इब्रानियों ने अच्छे सपनों (परमेश्वर से) और बुरे सपनों (बुरी आत्माओं से) के बीच भी अंतर किया। इब्रानियों ने, कई अन्य प्राचीन संस्कृतियों की तरह, एक दिव्य रहस्योद्घाटन प्राप्त करने के लिए सपनों को जन्म दिया। उदाहरण के लिए, इब्रानी भविष्यद्वक्ता शमूएल "शिलोह के मन्दिर में सन्दूक के सामने लेटकर सोएगा और यहोवा का वचन ग्रहण करेगा"। बाइबिल में अधिकांश सपने उत्पत्ति की पुस्तक में हैं।

# ईसाई धर्म में स्वप्न

ईसाइयों ने ज्यादातर इब्रियों की मान्यताओं को साझा किया और सोचा कि सपने एक अलौकिक चरित्र के थे क्योंकि पुराने नियम में दैवीय प्रेरणा वाले सपनों की लगातार कहानियां शामिल हैं। इन सपनों की कहानियों में सबसे प्रसिद्ध जैकब का एक सीढ़ी का सपना था जो पृथ्वी से स्वर्ग तक फैला हुआ है। कई ईसाई प्रचार करते हैं कि भगवान लोगों से उनके सपनों के माध्यम से बात कर सकते हैं। डैनियल के नाम पर लिखी गई प्रसिद्ध शब्दावली, सोम्नियाले डेनियलिस ने ईसाई आबादी को उनके सपनों की व्याख्या करने के लिए सिखाने का प्रयास किया।

इयान आर. एडगर ने इस्लाम में सपनों की भूमिका पर शोध किया है। उन्होंने तर्क दिया है कि सपने इस्लाम के इतिहास और मुसलमानों के जीवन में एक महत्वपूर्ण भूमिका निभाते हैं, क्योंकि सपनों की व्याख्या एकमात्र तरीका है जिससे मुसलमान अंतिम पैगंबर मुहम्मद की मृत्यु के बाद से भगवान से रहस्योद्घाटन प्राप्त कर सकते हैं।

एडगर के अनुसार, इस्लाम तीन प्रकार के सपनों का वर्गीकरण करता है। सबसे पहले, सच्चा सपना (अल-रूया) है, फिर झूठा सपना, जो शैतान (शैतान) से आ सकता है, और अंत में, अर्थहीन रोज़ाना सपना (हुल्म)। यह आखिरी सपना स्वप्नदृष्टा के अहंकार या वास्तविक दुनिया में अनुभव के आधार पर आधार भूख द्वारा सामने लाया जा सकता है। सच्चा सपना अक्सर इस्लाम की हदीस परंपरा द्वारा इंगित किया जाता है। पैगंबर की पत्नी आयशा के एक कथन में कहा गया है कि पैगंबर के सपने समुद्र की लहरों की तरह सच होंगे।

अपने पूर्ववर्तियों की तरह, कुरान भी जोसेफ की कहानी और सपनों की व्याख्या करने की उनकी अद्वितीय क्षमता का वर्णन करता है।

# बौद्ध धर्म में स्वप्न

बौद्ध धर्म में, सपनों के बारे में विचार दक्षिण एशिया में शास्त्रीय और लोक परंपराओं के समान हैं। एक ही सपना कभी-कभी कई लोगों द्वारा अनुभव किया जाता है, जैसा कि होने वाले बुद्ध के मामले में, उनके घर छोड़ने से पहले। महावास्तु में वर्णित है कि बुद्ध के कई रिश्तेदारों को इससे पहले पूर्वाभास हुआ था। कुछ सपने समय को पार करने के लिए भी देखे जाते हैं: होने वाले बुद्ध के कुछ सपने हैं जो पिछले बुद्धों के समान हैं, ललितविस्तार कहता है। बौद्ध साहित्य में, सपने अक्सर मुख्य चरित्र के जीवन में कुछ चरणों को चिह्नित करने के लिए "साइनपोस्ट" रूपांकन के रूप में कार्य करते हैं।

सपनों के बारे में बौद्ध विचार पालि टीकाओं और मिलिंद पन्हा में व्यक्त किए गए हैं।

# चीनी धर्म में स्वप्न

चीनी इतिहास में, लोगों ने आत्मा के दो महत्वपूर्ण पहलुओं के बारे में लिखा है जिनमें से एक नींद के दौरान शरीर से मुक्त होकर स्वप्नलोक में यात्रा करता है, जबकि दूसरा शरीर में बना रहता है।

दार्शनिक वांग चोंग (27-97 सीई) जैसे शुरुआती समय से इस विश्वास और सपने की व्याख्या पर सवाल उठाया गया था।

बेबीलोनियों और अश्शूरियों ने सपनों को "अच्छे", जो देवताओं द्वारा भेजे गए थे, और "बुरे," राक्षसों द्वारा भेजे गए में विभाजित किया। इश्क़ ज़ाक़ीक़ू नाम के स्वप्न संकेतों का एक जीवित संग्रह विभिन्न स्वप्न परिदृश्यों के साथ-साथ पिछले मामलों के आधार पर स्पष्ट रूप से प्रत्येक स्वप्न का अनुभव करने वाले व्यक्ति के साथ क्या होगा, इसका पूर्वानुमान रिकॉर्ड करता है।

कुछ अलग-अलग संभावित परिणामों की सूची बनाते हैं, उन अवसरों के आधार पर जिनमें लोगों ने अलग-अलग परिणामों के साथ समान सपने देखे।

यूनानियों ने मिस्रियों के साथ अच्छे और बुरे सपनों की व्याख्या करने और सपनों को उगाने के विचार के बारे में अपनी मान्यताओं को साझा किया। सपनों के ग्रीक देवता मॉर्फियस ने भी उन लोगों को चेतावनी और भविष्यवाणियां भेजीं जो मंदिरों और मंदिरों में सोते थे। सपनों के बारे में सबसे शुरुआती ग्रीक मान्यताएं थीं कि उनके देवता शारीरिक रूप से सपने देखने वालों का दौरा करते थे, जहां वे एक कीहोल के माध्यम से प्रवेश करते थे, उसी तरह दिव्य संदेश दिए जाने के बाद बाहर निकलते थे।

5 वीं शताब्दी ईसा पूर्व में एंटिफॉन ने सपनों पर पहली ज्ञात यूनानी किताब लिखी थी। उस शताब्दी में, अन्य संस्कृतियों ने यूनानियों को यह विश्वास विकसित करने के लिए प्रभावित किया कि आत्माएं सोते हुए शरीर को छोड़ देती हैं। हिप्पोक्रेट्स (469-399 ईसा पूर्व) का एक साधारण स्वप्न सिद्धांत था: दिन के दौरान, आत्मा छवियों को प्राप्त करती है; रात के दौरान, यह छवियां बनाता है। ग्रीक दार्शनिक अरस्तू (384-322 ईसा पूर्व) का मानना था कि सपने शारीरिक गतिविधि का कारण बनते हैं। उसने सोचा कि सपने बीमारी का विश्लेषण कर सकते हैं और बीमारियों की भविष्यवाणी कर सकते हैं। मार्कस ट्यूलियस सिसेरो, अपने हिस्से के लिए, मानते थे कि सभी सपने उन विचारों और बातचीत से उत्पन्न होते हैं जो एक सपने देखने वाले ने पिछले दिनों के दौरान किए थे। सिसरो के सोम्नियम स्किपियोनिस ने एक लंबी स्वप्न दृष्टि का वर्णन किया, जिसके बदले में मैक्रोबियस ने सोम्नियम स्किपियोनिस में अपनी टिप्पणी में टिप्पणी की थी।

हेरोडोटस अपनी द हिस्टरीज़ में लिखते हैं, "सपने में हमें जो दृश्य दिखाई देते हैं, अक्सर वे चीज़ें होती हैं जिनके बारे में हम दिन के दौरान चिंतित रहते हैं।

द ड्रीमिंग एक व्यक्तिगत, या समूह, निर्माण के लिए स्वदेशी आस्ट्रेलियाई लोगों के एनिमिस्ट क्रिएशन नैरेटिव के भीतर एक सामान्य शब्द है और जिसे रचनात्मक निर्माण और सतत निर्माण के "कालातीत समय" के रूप में समझा जा सकता है।

कुछ स्वदेशी अमेरिकी जनजातियों और मैक्सिकन आबादी का मानना है कि सपने आने और अपने पूर्वजों के साथ संपर्क करने का एक तरीका है। कुछ अमेरिकी मूल-निवासी कबीलों ने यात्रा, उपवास और प्रार्थना के एक अनुष्ठान के रूप में दृष्टि खोज का उपयोग किया है जब तक कि एक प्रत्याशित मार्गदर्शक सपना प्राप्त नहीं हुआ था, जिसे उनकी वापसी पर बाकी जनजाति के साथ साझा किया जाना था।

---

स्वप्न बड़ा रहस्य है. मनोवैज्ञानिक सपनों को इच्छा से जोड़ते हैं. अंतरराष्ट्रीय ख्याति प्राप्त मनोवैज्ञानिक सिगमंड फ्रायड ने मनुष्य मन की गहन इच्छा को 'लिविडो' कहा था. आधुनिक मनोवैज्ञानिक सपनों को गहन इच्छा का ही परिणाम बताते हैं. एक ताजा सूचना के अनुसार, वैज्ञानिक सपनों के नियंत्रण तक पहुंच गए हैं. दिमाग को विशेष स्तर की विद्युत तरंगों के प्रभाव में डालकर प्रयोग हुए हैं. वैज्ञानिकों का दावा है कि विद्युत झटके से स्वप्न रोके जा सकते हैं. लेकिन इच्छा को चलते फिरते स्वप्न दृश्यों में गढ़े जाने की अब भी व्याख्या नहीं की जा सकी है.

मिस्र के एक अध्ययन में स्वप्न में आए दृश्यों का अर्थ समझने पर काफी परिश्रम हुआ है. 'डिक्शनरी ऑफ ड्रीम्स' में मिस्र के ऐसे अध्ययन का आश्चर्यजनक उल्लेख है. इसके मूल सिद्धांत भारतीय चिन्तन से मिलते जुलते हैं. फ्रायड के अनुसार सारे स्वप्न हमारी इच्छा का ही परिणाम हैं. अथर्ववेद में काम देवता को स्वप्नसर्जक कहा गया है. यहां कविता को काम की पुत्री कहा गया है. मिस्र के पहले उपनिषद् दर्शन में भी स्वप्नों को समझने की भारी कोशिश की गई है.

फ्रायड की आधी बात सच है. अधिकांश स्वप्न हमारी इच्छा का ही सृजन होते हैं. मन एक और संसार गढ़ता है. हम स्वप्न संसार के पात्र होते हैं. स्वप्न संसार मजेदार है. कभी खूबसूरत, वन, उपवन, तो कभी सूखे पेड़. अनेक स्वप्न दूसरे दिन जस के तस सही सिद्ध हो जाते हैं. फ्रायड और आधुनिक मनोविज्ञान के विवेचन में ऐसे स्वप्नों का उल्लेख नहीं है. 'डिक्शनरी ऑफ ड्रीम्स' में स्वप्न में सांप देखने की बड़ी व्याख्या है. काला सांप देखना भविष्य में कष्ट देगा और स्वर्ण जैसा पीला सांप आकस्मिक लाभ. कोई इसे अंधविश्वास कह सकता है. लेकिन स्वप्न देखकर पढ़ना और पढ़कर समझना अंधविश्वास नहीं हो सकता.

क्या भविष्य की सूचना देने वाले स्वप्न भी हमारी इच्छा का परिणाम हैं? क्या फ्रायड का 'लिविडो' ही ऐसे सपनों के लिए भी जिम्मेदार है? 'डिक्शनरी आफ ड्रीम्स' में ऐसे खास स्वप्नों को संपूर्ण ब्रह्माण्डीय चेतना से जुड़ जाने का परिणाम बताया गया है. मनुष्य सम्पूर्ण अस्तित्व का भाग है. लेकिन इकाई भी है. गहन निद्रा की दशाएं भी कम से कम दो प्रकार की हैं. संपूर्ण निद्रा में केवल प्राण गति करता है. हमारा इंद्रिय बोध शून्य हो जाता है, मन प्रशांत हो जाता है. भारतीय चिंतन में एक विचार है कि मन भी प्राण में लय कर जाता है. तब कोई स्वप्न नहीं होते. हम जागते हुए भी स्वप्न देखते हैं. इसका कारण मन है. निद्रा के दौरान प्रशांत मन स्वप्नहीन रहता है.

पतंजलि योग सूत्रों में मन की समाप्ति पर जोर दिया गया है. एक विचार है कि मन बच जाता है लेकिन गति नहीं करता. सच जो भी हो लेकिन स्वप्नहीन निद्रा बड़ी ऊर्जा देती है. निद्रा की शुरुआत में आंख, कान, नाक आदि इंद्रियां शिथिल होती हैं, यही मन के उपकरण हैं. इंद्रियों की शिथिलता के बाद मन के पास विचार बचते हैं. इस दशा में आए स्वप्न इच्छा का परिणाम होते हैं. लेकिन मन के शिथिल होने से चेतना कभी-कभी ब्रह्मांडीय चेतना से जुड़ जाती है. तब आए हुए स्वप्न हमारी अभिलाषा के परिणाम नहीं होते. वे ब्रह्म गति की झांकी होते हैं. कॉसमोस या टोटैलिटी चित्र दिखाती है. संभवत: समष्टि व्यष्टि के चित्त को चित्रमय करती है. कुछेक स्वप्न सही होते हैं और अनेक व्यर्थ.

अथर्ववेद के पिप्पलाद-शाखीय ब्राह्मण का एक भाग है- प्रश्नोपनिषद्. प्रश्नोपनिषद् अनूठी है. यहां आस्था नहीं प्रश्नों की बेचैनी है. कथा में पिप्पलाद ऋषि से 6 ऋषियों ने एक-एक प्रश्न पूछा. चौथा प्रश्न मजेदार है.

ग्राग्य ने पूछा, 'प्रगाढ़ निद्रा में मनुष्य के भीतर रहने वाली कौन-कौन दिव्य शक्तियां सोती हैं? कौन जागती रहती हैं? स्वप्न में कौन इन घटनाओं को देखता है? निद्रा में सुख का मजा किसको होता है?'

पिप्पलाद ने उत्तर दिया, 'निद्रा के समय सारी इंद्रियां- दिव्यशक्तियां मन में विलीन हो जाती हैं, इसलिए जीवात्मा न सुनता है, न सूंघता है, न स्वाद लेता है, न स्पर्श करता है, न बोलता है. प्राण अग्नि ही जागती रहती है. स्वप्न अवस्था में जीवात्मा ही मन और सूक्ष्म इंद्रियों द्वारा अपनी महिमा का अनुभव करता है- 'स्वप्ने महिमानम् अनुभवित.'

यहां महिमा शब्द ध्यान देने योग्य है. महिमा सम्पूर्णता की प्रतिनिधि है, इच्छा वैयक्तिक है, इच्छा स्वप्न गढ़ती है लेकिन महिमा दर्शनीय है. आगे कहते हैं, 'स्वप्न में यह देव (मैं या हम) देखे हुए सुने हुए नाना देशों, दिशाओं को बार-बार देखता है. न

देखे हुए और न सुने हुए को भी देखता-सुनता है. अनुभव किए हुए को अनुभव करता है, अनुभव न किए हुए को भी अनुभव करता है- अनुभूतम् अननुभूतम् च.'

मन-मस्तिष्क में देखे हुए दृश्यों का कोष रहता है. देखे गए दृश्यों का स्वप्न में दोहराव समझ में आता है. मन मस्तिष्क में मौजूद दृश्य स्वप्न अवस्था में पुन: प्रकट हो सकते हैं. हमने गाय देखी है, चीता और भालू भी. स्वप्न में गाय के मुंह की जगह भालू का मुख लगा देखना संभव है. मन कोष में दोनों के चित्र हैं. ऐसे दृश्य मनगढ़ंत हैं. मन के रचे या गढ़े हुए स्वप्न.

मार्गदर्शन बड़ा सीधा और सरल शब्द है लेकिन अपने मूल अर्थ में बड़ा गहरा है. मार्ग हमारी गतिशीलता का पर्याय है और दर्शन है मार्ग का गहन अनुभव. उपनिषद् का 'अनुभूतम् अननभूतम् च'. अनुभूत सरल है, अनुभव में आने के कारण. अननुभूत जटिल है.

प्रख्यात ब्रह्मांड विज्ञानी स्टीफेन हॉकिंग्स ने समय का गहन विवेचन किया है. कहा है कि क्या हम ऐसा तेज रफ्तार वाहन बना सकते हैं? जो अपनी तीव्र गति के चलते वर्तमान से भी तीव्रतम दौड़ता हुआ भविष्य में पहुंच सकता है? शायद ऐसा संभव हो. वर्तमान और भविष्य अगर समय के भाग हैं तो वर्तमान से भागते हुए भविष्य में छलांग लगाने की आशा व्यर्थ नहीं.

हॉकिंग्स भौतिक विज्ञानी हैं. वे तेज रफ्तार वाहन की सोचते हैं. क्या मन ऐसा ही वाहन नहीं है? जागृत अवस्था का मन भी पल से भी कम समय में अमेरिका, इंग्लैंड, फ्रांस या आकाश चंद्र तक पहुंचा देता है. इस समय को भी घटाया जा सकता है. निद्रा के समय मन के सामने इंद्रियों के झंझट में फंसने की कठिनाई नहीं होती.

संभव है कि यही मन अपनी अतितीव्र गति में वर्तमान का अतिक्रमण कर भविष्य में पहुंच जाता हो और यही मन भविष्य की घटनाओं को भी दिखाता हो. अथर्ववेद में भृगु ने ठीक कहा है कि 'मन काल के भीतर है.' मन काल के तीनों आयामों में आवाजाही करता है- भूत में जाता है तो स्मृति. भविष्य में जाता है तो आकांक्षा.

इच्छा वाले स्वप्न फ्रायड की व्याख्या के भीतर हैं, लेकिन गहन निद्रा में अकेले अपनी मस्ती में यही मन आकांक्षा, इच्छा की सीमा के पार जाकर भविष्य के भी दृश्य दिखाता हो तो आश्चर्य क्या है? लेकिन आश्चर्य है भी. विज्ञान मूक है और हमारे जैसे विद्यार्थी बेचैन।

## सपनों का महत्व (इस्लामी विचारधारा)

सपना विचारों, छवियों और संवेदनाओं की एक श्रृंखला है जो एक व्यक्ति के सोते समय मन में होती है। सपने एक सार्वभौमिक मानवीय अनुभव हैं और सपने देखने वाले का इसकी सामग्री पर बहुत कम नियंत्रण होता है। सपनों मे हमारे अनुभवों में बहुत ही सजीव गुण होते हैं और ये बेहद ज्वलंत और अक्सर विचित्र हो सकते हैं। कुछ लोग सपनों के दौरान बहुत भावनात्मक अनुभवों का वर्णन करते हैं और

भयावह या परेशान करने वाले सपनों को अक्सर बुरे सपने के रूप में जाना जाता है। मानवजाति के पूरे इतिहास में लोगों ने अपने सपनों की व्याख्या करने की कोशिश की है और बहुत से लोग मानते हैं कि उनमें महत्वपूर्ण संदेश या प्रतीक होते हैं। सपनों से जुड़े कई अंधविश्वास और मान्यताएं हैं और इस्लाम ने सपनों और उनकी व्याख्या से जुड़ी कई गलतफहमियों को दूर किया है।

इस्लाम के विद्वानों का कहना है कि जहां सपने सार्थक हो सकते हैं, वहीं सभी सपनों को महत्वपूर्ण नहीं माना जाना चाहिए। इब्न सिरिन को सपनों की व्याख्या पर इस्लामी दुनिया का सबसे प्रमुख विशेषज्ञ माना जाता है और वे इसे एक कठिन विज्ञान कहते हैं, जिसे अत्यंत सावधानी के साथ करना चाहिए। एक सपने का महत्व आमतौर पर सपने देखने वाले पर पड़ने वाले प्रभाव से निर्धारित होता है, हालांकि अधिकांश सपनों का कोई वास्तविक मूल्य नहीं होता है और इस प्रकार व्याख्या की कोई आवश्यकता नहीं होती है।

तीन प्रकार के सपने

पैगंबर मुहम्मद (उन पर अल्लाह की दया और आशीर्वाद हो) ने हमें बताया कि सपने तीन प्रकार के होते हैं । एक सच्चा सपना (जिसे कभी-कभी एक अच्छा सपना कहा जाता है) जो अल्लाह की ओर से हमारे लिए आता है, एक बुरा या भयावह सपना जो शैतान की ओर से आता है और तीसरा वह सपना जो किसी व्यक्ति के अनुभवों और विचारों से आता है। प्रत्येक को अलग तरह से प्रबंधित किया जाना चाहिए।

पैगंबर मुहम्मद ने कहा कि अगर किसी को कोई सपना आता है और वह उसे पसंद है तो वह अल्लाह की ओर से है। इसलिए उसे इसके लिए अल्लाह का शुक्रिया अदा करना चाहिए और दूसरों को बताना चाहिएं]। पैगंबर ने आगे बताया कि यदि किसी व्यक्ति का सपना अच्छा है तो उसे अच्छी चीजों के होने की उम्मीद करनी चाहिए और केवल उन लोगों को सपना सुनाना चाहिए जिन्हे वो पसंद करता है। कुरआन मे इसका एक उदाहरण है, जब पैगंबर यूसुफ ने अपने सपने के बारे मे अपने पिता को बताया और कहा की उन्होंने सपने में सूर्य, चंद्रमा और सितारों को उनका सजदा करते देखा है, तो उनके पिता पैगंबर याकूब ने यूसुफ से कहा कि वह अपने भाइयों से इस सपने के बारे मे न बताये।

"जब यूसुफ ने अपने पिता से कहाः ऐ मेरे पिता! मैंने स्वप्न देखा है कि ग्यारह सितारे, सूर्य तथा चांद मुझे सजदा कर रहे हैं। उसने कहाः ऐ मेरे पुत्र! अपना स्वप्न अपने भाईयों को न बताना, अन्यथा वे तेरे विरुध्द षड्यंत्र रचेंगे।'..." (कुरआन 12: 4-5)

भयावह या परेशान करने वाले सपने शैतान की ओर से होते हैं और हमें डराने और भयभीत करने के उसके प्रयासों के अलावा और कुछ नहीं हैं। पैगंबर मुहम्मद हमें बताते हैं कि ये सपने किसी व्यक्ति को किसी भी तरह से नुकसान नहीं पहुंचाएंगे। इस प्रकार यदि किसी व्यक्ति को कोई बुरा सपना या दुःस्वप्न है तो उसे अपनी बाईं ओर तीन बार सूखा थूकना चाहिए (कोई लार नहीं निकालनी चाहिए) और शैतान से बचने के लिए अल्लाह की शरण लेनी चाहिए। उन्होंने करवट बदलने की सलाह भी दी

तीसरे प्रकार का सपना वह है जो अच्छी या बुरी श्रेणी में नहीं आता है। ये सपने उस बात से आते हैं जो कोई व्यक्ति सोच रहा होता है या चिंता कर रहा होता है या स्मृति और अवचेतन में संग्रहीत अनुभवों, घटनाओं और भय से आता है। इन सपनों का कोई परिणाम नहीं होता और इनकी कोई व्याख्या नहीं होती।

सपनो की व्याख्या के नियम

अधिकांश इस्लामी विद्वानों का मत है कि सपनों की व्याख्या केवल उसी व्यक्ति से करवानी चाहिए जो ऐसा करने के योग्य हो। इसका कारण यह है कि सपनों की व्याख्या समस्याग्रस्त हो सकती है। उदाहरण के लिए एक साधारण सी बात को लें जैसे कि यह जानना कि क्या आपने जो सपना देखा था वह आपके बारे में था या किसी और के बारे में या यहां तक कि किसी और से जुड़े किसी व्यक्ति के बारे में। पैगंबर मुहम्मद के एक साथी ने सपने में देखा कि इस्लाम का सबसे बड़ा दुश्मन अबू जहल मुस्लिम बन रहा है और पैगंबर के प्रति निष्ठा का वचन दे रहा है। लेकिन ऐसा नहीं हुआ; यह अबू जहल का बेटा था जो कुछ समय बाद इस्लाम में परिवर्तित हो गया और निष्ठा की कसम खाई। सपनों में प्रतीक भी समस्याग्रस्त होते हैं क्योंकि उनका अलग-अलग लोगों के लिए अलग-अलग मतलब होता है।

हमें सावधान रहना चाहिए कि हम सपनों पर बहुत अधिक भरोसा न करें या यह विश्वास न करें कि इसमे छिपे हुए अर्थ और प्रतीक हैं। हालांकि कुछ सपने ऐसे भी होते हैं जिनकी व्याख्या करना आसान होता है। यदि सपने में पैगंबर मुहम्मद दिखाई देते हैं और ऐसे दिखते हैं जैसा कि सुन्नत में वर्णन है, तो हम सुनिश्चित हो सकते हैं कि यह एक सच्चा सपना है, अल्लाह की ओर से है और अच्छी ख़बरों से भरा हुआ है। पैगंबर ने कहा कि जिस किसी ने उन्हें सपने में देखा उसने वास्तव में सच्चाई देखी

इस्तिखारा प्रार्थना के उत्तर के रूप में सपनों की व्याख्या करना एक गलत प्रथा है। अल्लाह इस प्रार्थना का जवाब सपनों के जरिए नहीं देता। जिन सपनों की व्याख्या की जाती है उन्हें कुरआन और सुन्नत के अनुसार किया जाना चाहिए । इसका एक

उदाहरण होगा यदि कोई व्यक्ति रस्सी को कसकर पकड़ने का सपना देखता है, तो हम समझ सकते हैं कि इसका मतलब है अल्लाह के साथ अनुबंध क्योंकि कुरआन मे निम्नलिखित छंद है।

"तथा अल्लाह की रस्सी को सब मिलकर दृढ़ता से पकड़ लो..." (कुरआन 3:103)

पैगंबरो के सपने

सच्चे या अच्छे सपने पैगंबरी का एक हिस्सा है; पैगंबर मुहम्मद ने हमें बताया कि सच्चे सपने पैगंबरी के 46 भागों में से एक है.

उनकी प्यारी पत्नी आयशा हमें बताती हैं कि पैगंबर को दिया गया पहला रहस्योद्घाटन गहरी नींद की स्थिति में एक सच्चा सपना था और उन्होंने इसके बाद कभी ऐसा सपना नहीं देखा जो पैगंबरी न हो। इस्लाम के विद्वान इस बात से सहमत हैं कि पैगंबरो के सपने रहस्योद्घाटन का एक रूप हैं। इसका एक उदाहरण है जब पैगंबर इब्राहिम ने अपने बेटे की कुर्बानी करने का इरादा किया था क्योंकि उसने इसे सपने में देखा था।

सपने की सच्चाई सपने देखने वाले की सच्चाई और ईमानदारी से जुड़ी होती है। पैगंबर मुहम्मद ने कहा कि जिनके सपने सबसे सच्चे होते हैं, वे भाषा में सबसे सच्चे होते हैं। उन्होंने हमें यह भी बताया कि दुनिया के आखिरी दिनों मे बहुत कम झूठे सपने होंगे। उन्होंने समझाया कि चूंकि उस समय पैगंबर और उनके प्रभाव समय के हिसाब से बहुत दूर होंगे, इसकी भरपाई के लिए विश्वासियों को सच्चे सपने आएंगे।

जब हम सोते हैं तो हमारी आत्मा आंशिक या अस्थायी रूप से हमारे शरीर को छोड़ देती है। नींद मृत्यु का एक छोटा रूप है, जहां शरीर मौजूद है लेकिन आत्मा कहीं और है। कुछ लोग सपनों की पूरी तरह से अवहेलना करके उनके महत्व को कम आंकते हैं जबकि अन्य लोग बहुत अधिक सपने देखते हैं और अपने जीवन में हर निर्णय एक सपने के आधार पर लेते हैं। कुरान और पैगंबर मुहम्मद शांति दोनों उस पर प्रकाश डालते हैं कि कुछ सपनों में प्रतीक और अर्थ होते हैं।

नबी सल्लल्लाहु अलैहि व सल्लम ने सपनों को तीन प्रकारों में वर्गीकृत किया: एक दर्शन या सच्चा स्वप्न जो परमेश्वर की ओर से है; एक झूठा सपना जो शैतान से आता है

एक निरर्थक रोजमर्रा का सपना जो किसी के निचले आत्म या अवचेतन विचारों से आ सकता है।

सच्चे सपने अक्सर उन्हें दिए जाते हैं जो धर्मी होते हैं लेकिन जरूरी नहीं कि वे उन्हीं तक सीमित हों। कुरान में यूसुफ की कहानी शायद सच्चे सपनों की व्याख्या का सबसे अच्छा उदाहरण है। अध्याय तीन सपनों की बात करता है, यूसुफ शांति का सपना, दो कैदियों का सपना, और राजा का सपना। इनमें से प्रत्येक सपने का एक अर्थ था जो बाद में वास्तविक दुनिया में सामने आया। उदाहरण के लिए, राजा ने कहा 'वास्तव में मैंने (एक सपने में) सात मोटी गायों को देखा, जिन्हें सात दुबली गायों ने खा लिया; और मकई के सात हरे कान और अन्य (सात) सूखे। हे प्रमुखों (मेरे दरबार के)! मुझे मेरा सपना बताओ, अगर तुम सपनों की व्याख्या करने में सक्षम हो। (कुरान **12:43**)

उस समय ज्यादातर लोग इस सपने की व्याख्या करने में असमर्थ थे और इसे कोई अर्थ नहीं मानते थे। लेकिन यूसुफ शांति उस पर हो इस सपने की व्याख्या इस अर्थ में की गई कि मिस्र सात समृद्ध वर्षों का अनुभव करेगा और उसके बाद सात साल सूखे और अकाल के होंगे। इस व्याख्या ने मिस्र के लोगों को भुखमरी से बचाया।

सच्चे सपने अच्छी चीजों को देखने के रूप में भी आते हैं, जैसे खुद को प्रार्थना में, स्वर्ग में देखना या अच्छे सपने देखना। ये सपने भगवान के हैं और केवल उन लोगों के साथ साझा किए जाने चाहिए जिन पर आप भरोसा करते हैं।

झूठा सपना-एक झूठा सपना आमतौर पर एक दुःस्वप्न होता है जो शैतान से उत्पन्न होता है। नबी सल्लल्लाहु अलैहि वसल्लम ने इस प्रकार के सपनों से निपटने के बारे में निर्देश दिए। एक व्यक्ति पैग़म्बरे इस्लाम के पास आया और उससे कहा कि उसे स्वप्न आया है कि उसका सिर काट दिया गया है और वह उसका

पीछा कर रहा है। नबी सल्लल्लाह अलैहि वसल्लम ने हंसते हुए कहा कि जब शैतान आप में से किसी के साथ सपने में खेलता है तो लोगों को इसका जिक्र न करें।

नबी सल्लल्लाह अलैहि वसल्लम ने हिदायत दी कि जब कोई बुरा सपना देखे तो उसे तुरंत शैतान से अल्लाह की शरण लेनी चाहिए, अपनी बाईं ओर तीन बार सूखा थूक देना चाहिए, दूसरी तरफ मुड़ जाना चाहिए और इसे किसी के साथ साझा नहीं करना चाहिए।

अर्थहीन सपना-आखिरी और शायद सबसे आम प्रकार का सपना वह है जिसका कोई अर्थ नहीं हो सकता है। यह सपना किसी के अवचेतन से उत्पन्न हो सकता है, उसने दिन में क्या खाया, या बस उनकी अल्पकालिक स्मृति में चीजों का विमोचन। जिस तरह से इन सपनों को आम तौर पर सच्चे या झूठे सपने से अलग किया जा सकता है वह भावना है। सच्चा सपना इस भावना के साथ होता है कि यह ईश्वर से प्रेरित था। झूठा सपना आमतौर पर बुरे सपने जैसा होता है। अर्थहीन सपने आमतौर पर केवल भौतिकवादी होते हैं या उनके साथ कोई महत्वपूर्ण आध्यात्मिक भावना नहीं होती है।

इस्लाम सिखाता है कि इंसान की रूह इस दुनिया तक ही सीमित नहीं है, बल्कि आखिरत से भी जुड़ी है। सपने देखना आत्मा का एक रूप है जो अन्य आत्माओं या घटनाओं के साथ एक अलग आयाम में जुड़ती है। डेजा वु इसका एक बेहतरीन उदाहरण है। समय केवल ईश्वर की रचना है और इसलिए ईश्वर की दृष्टि में भविष्य पहले ही हो चुका है। परमेश्वर किसी को भविष्य में ले जाने और फिर उसे वर्तमान में लौटाने में सक्षम है। वे तब तक जीवित रहते हैं जब तक कि वे उस बिंदु पर फिर से नहीं मिलते हैं और यह डेजा वु पल लाता है। यह कहना नहीं है कि यह हमेशा सटीक होता है, लेकिन आत्माएं इस दुनिया को सपनों में छोड़ देती हैं। मनुष्य के रूप में, हम न केवल भौतिकवादी शारीरिक प्राणी हैं, बल्कि हमारे पास एक आध्यात्मिक तत्व भी है।

---

सपनों की हकीकत - कुरान और सुन्नत के मुताबिक–जब हम सोते हैं, तो हमारी आत्मा आंशिक रूप से हमारे शरीर से निकल जाती है और जब हम जागते हैं तो वापस लौट आती है। इसलिए, हमारी नींद एक मामूली मौत है और हमारी आत्मा के लिए बड़ी मौत का स्वाद चखने की दैनिक तैयारी है।

सपनों के प्रकार : नबी (सल्लल्लाहु अलैहि व सल्लम) ने कहा: "सपने तीन प्रकार के होते हैं: अल्लाह की ओर से एक सपना, एक सपना जो संकट का कारण बनता है और जो शैतान से आता है, और एक सपना जो एक व्यक्ति के बारे में सोचता है जब

वह जागता है, और वह उसे देखता है जब वह सो रहा होता है।" (अल-बुखारी, 6499; मुस्लिम, 4200)

सेल्फ टॉक: ज्यादातर समय, हम उन चीजों के बारे में सपने देखते हैं जिनके बारे में हम चिंतित हैं, और ऐसे विचार जो हमारे दिमाग पर कब्जा कर लेते हैं। इसलिए, ये सपने केवल हमारे आंतरिक विचारों और चिंताओं का प्रतिबिंब होते हैं, और इसलिए व्याख्या की आवश्यकता नहीं होती है।

शैतान के सपने: हमारा दुश्मन शैतान न केवल हमें जागते हुए परेशान करता है, बल्कि सोते समय भी हमें परेशान करता है!

शैतान हमारी नींद को दो तरह से परेशान कर सकता है।

तफ्सीर दअवतुल कुरआन

शम्स पीर जा़दा

सूरह अल अनाम **6**, आयत **60**

नींद को मौत की उपमा दी गई है क्यों कि नींद की हालत में आदमी दुनिया से उसी तरह बेख़बर हो जाता है जिस तरह कि मौत की हालत में होता है।

अर्थात् जो ख़ुदा रात में तुम पर नींद को हावी करता है वह तुम्हारे दिन में किए गए कर्मों से बेख़बर नहीं है। और वही

है जो रात गुज़रने के बाद फिर तुम को उठा खड़ा करता है। और यह सोने और जागने का अर्थात मरने फिर जीने का सिलसिला

जारी रहता है यहाँ तक कि तुम्हारी निश्चित की गई अवधि पूरी हो जाती है और तुम मौत की गोद में चले जाते हो। गोया मरने

के बाद दोबारा उठाए जाने का अनुभव उदाहरण स्वरुप तुम रोज़ाना करते रहते हो फिर क्या इस से मरने के बाद मिलने वाली

ज़िन्दगी की पुष्टि नहीं होती? और क्या यह अनुभव तुम्हारे अन्दर दोबारा उठाए जाने का यक़ीन पैदा नहीं करता?

# पवित्र कुरआन की दृष्टि में

तफ्सीर दअवतुल कुरआन

सूरह अश- शम्स **91**, आयत **7**

मनुष्य ने ज़मीन पर जब से आँखें खोली हैं वह उच्चता और कमाल के जौहर दिखा रहा है। गोया ज़मीन पर इन्सानी

आबादी का यह दौर पिछले दौर के मुक़ाबले में कुछ प्रमुखता रखता है और मनुष्य अपनी इस सांसारिक प्रगति पर गर्व करता

है किन्तु अपने अतीत पर ग़ौर नहीं करता कि वह शुरू में क्या था और उस के सृष्टा ने उसे क्या बना दिया। एक समय यह था जब कि मनुष्य सड़ी हुई मिट्टी में ढल रहा था और सड़ी हुई मिट्टी कोई उल्लेखनीय वस्तु नहीं थी। फिर आदम की सृष्टि के बाद उस के वंश का क्रम वीर्य से जो पानी की अत्यंत तुच्छ बूँद होती है चलाया गया। प्रत्येक व्यक्ति पर एक समय गुज़र

चुका होता है जब कि वह एक ऐसी चीज़ था जो न तो उल्लेखनीय थी और न ही उस की कोई क़ीमत थी। क्या मनुष्य

का यह अतीत और उस की यह हक़ीक़त इस बात की याददेहानी नहीं है कि उस के रब ने अपनी कुदरत के करिशमे

से तुच्छ को उच्च बना दिया। सू. ९ १ ७

हदीस में इस तरह फ़रमाई है

।

مـامـن مـولـود الا يولد على الفطرة ـ فأبواه

( يهودانه وينصرانه ويشر كانه . ( مسلم كتاب القدر

"कोई बच्चा ऐसा नहीं जो प्रकृति पर पैदा न होता हो। फिर उस के माता पिता उसे यहूदी, ईसाई या मुश्रिक (बहुदेववादी) बना देते हैं।"

सूरह अल इंसान **76**, आयत **1**

नफ़्स (शख़सियत) को दुरस्त बनाने का मतलब यह है कि अल्लाह तआला ने नफ़्से इन्सानी (इन्सान की शख़सियत)
को सीधे प्रकृति पर पैदा किया और उस को उच्च कोटि की योग्यताऐं समर्पित की।
उसे पैदाइशी गुनहगार नहीं बनाया
और न उसे अपने स्वभाव से फसादी और बुराई पसन्द करने वाला बनाया कि ख़ुदा से सरकशी एवं बगावत करने और शैतानी गुणों को अपनाने पर विवश हो। उस ने उसे सही और सीधी प्रकृति का बनाया है और उस की आत्मा में फ़साद का
कोई तत्व नहीं रखा कि वह सीधे और सही रास्ते को अपनाना चाहे और न अपना सके। तथा गुमराही को अपनाने पर मजबूर
हो। इस हक़ीक़त को क़ुर्आन ने दूसरी जगह खोल कर बयान फ़रमाया है:

( فطرة الله التي فطر الناس عليها ۔ ( سورة روم : ۳۰

" अल्लाह की वह फ़ितरत जिस पर उस ने इन्सानों को पैदा किया"। (सूरह रूम-३०)

---

तफ्सीर माजिदी, मौलाना अब्दुल माजिद दरियाबादी

---

मौलाना अब्दुल माजिद दरियाबादी का
जन्म 16 मार्च 1892 में
दरियाबाद,बाराबंकी ब्रिटिश भारत में हुआ था।
आपकी मृत 6 जनवरी 1977 (आयु 84)

बाराबंकी, भारत में हुई।
राजनीतिक दल –खिलाफत आंदोलन
माता-पिता– अब्दुल कादिर (पिता)
अल्मा मेटर– लखनऊ विश्वविद्यालय
इलाहबाद विश्वविद्यालय, अलीगढ मुस्लिम विश्वविद्यालय
सेंट स्टीफंस कॉलेज, दिल्ली
निजी मज़हब- सुन्नी
न्यायशास्त्र - हनाफी
पंथ मटुरिडी
मुख्य रुचि- तुलनात्मक धर्म, तफ़सीर, जीवनी, प्राच्यवाद, आधुनिकतावाद,
इस्लामी दर्शन, मनोविज्ञान, यात्रा वृतांत, सूफ़ीवाद, पत्रकारिता उल्लेखनीय कार्य)
तफ़सीर-ए-मजीदी (1941) आलमुल कुरान (1959)
सीनियर पोस्टिंग का शिष्य
अशरफ अली थानवी से प्रभावित
शिबली नोमानी, मुहम्मद इकबाल, मोहम्मद अली जौहर, अशरफ अली थानवी,
हुसैन अहमद मदनी, अकबर इलाहाबादी पुरस्कार
भारत सरकार द्वारा अरबी विद्वान पुरस्कार (1966) डी.लिट.  अलीगढ मुस्लिम
विश्वविद्यालय                द्वारा                (1976)

---

सूरह अज-जुमर **39**, आयत **42**
अल्लाह आत्माओं को उनकी मृत्यु के समय पकड़ लेता है और यहां तक कि वो
(आत्माएं) जिनकी मृत्यु नहीं आई है
 सोते समय 54.  तो फिर उसे उन्हें रोकना चाहिए वह उन लोगों को ले लेता है जिन्हें
उसने मरने और बाकी (जीवन) का आदेश दिया है। बेशक वह (सभी बेदख़ली) में
निशानियाँ हैं उन लोगों के लिए जो
सोचते रहो 56.
54.  खुद  अर्थ बहुत व्यापक है.  आत्मा का
यह पर्यायवाची है और इसके दो प्रकार हैं: एक नफ़्स-हयाती (या)। (भौतिक जीवन)
अन्य आत्म-जागरूक (या मानसिक जीवन)
मानव आत्मा उनमें से एक है, जीवन की आत्मा है, और वही इसे अलग करती है

---

अल-मुत-ए-फत्जुल बुज्वाला नफ्स और आखिरी नफ्स अल-खसीर एक ही है

अल-तफ़रीक़ा अगर नाम और वह नींद के बाद सांस लेता है

प्रत्येक मनुष्य में दो आत्माएं होती हैं एक जीवित आत्मा होती है

मृत्यु के समय यह उससे दूर हो जाता है

छोड़ने से आत्मा चली जाती है और दूसरा

आत्मा का बोध होता है

यह नींद के दौरान और सोने के बाद इससे अलग हो जाता है वापस आता है  "वर"

बटुनी ..... मुथा "।  यह दुष्ट आत्मा

मन्ना शाश्वत जीवन है जिसके बाद कोई भौतिक जीवन नहीं है

न होश रहता है, न समझ.  "वालती मनामहा।"  यह नकारात्मक भावना आंशिक ही
है।

जिससे जीवन भौतिक ही बना रहता है, लेकिन चेतना और समझ नहीं रहती.  केवल
सोएं हवा जीवन चेतन है.

55.  (तो वे निलंबित आत्माएं जिनकी मृत्यु का समय अब है

वह नींद से नहीं जागे हैं और अभी भी शारीरिक स्थिति में हैं

  वे व्यस्त हो जाते हैं) "फिम्स्क .......आलमुत"।  इसलिए इस

आत्माएँ भौतिक स्वभाव में वापस नहीं लौटतीं।

हज़रत अली (रजि.) से रिवायत है कि:

जब मैं सोता हूं तो मेरे शरीर में एक ज्वाला जलती है, इसलिये मेरे दर्शनों से
सावधान रहना

आत्मा की नींद से लेकर शरीर तक, शरीर सदैव जीवित रहता है।  (शिक्षकों की।

  साक्ष्य) वू "असली आत्मा नींद के दौरान भी शरीर से होती है।"

वह दूर हो जाता है लेकिन शरीर से उसका संबंध बना रहता है  (लाखों मील दूर सूर्य
के रेडियल संबंध की तरह

(जमीन पर स्थिर होने के बावजूद) और सो रहे हैं

फिर भी मनुष्य स्वप्न देखता रहता है (इस आंशिक संबंध के कारण)।

जब जागृति का समय आता है तो यह आत्मा अंधी हो जाती है

  यह कम समय में शरीर में वापस भी लौट आता है।  66 और हज़रत

अब्दुल्ला बिन अब्बास (आरए) के अधिकार पर:  इब्न के अनुसार

आदम, रूह और आत्मा सूरज की किरणों की तरह दो किरणें हैं

  वह जिसके पास मन और विवेक है और आत्मा जिसके पास आत्मा और गति है

   तो, दास का नाम भगवान द्वारा कब्जा कर लिया जाता है, भगवान की आत्मा

उसके द्वारा कब्जा कर ली जाती है, और वह उसकी आत्मा पर कब्जा नहीं करता है।

आदम के पुत्र के पास प्राण और आत्मा, और दोनों हैं
सूर्य की किरणों की तरह रेडियल संबंध है, बस इतना ही स्वयं अनुभूति और चेतना और आत्मा का स्रोत है
वही है जिससे श्वसन और गति स्थापित होती है और मनुष्य जब यदि वह सोता है, तो परमेश्वर उसकी आत्मा को अपने वश में कर लेता है
 वह उसकी आत्मा है. "
56. अर्थात् इस बात के तर्क और प्रमाण कि अल्लाह तत्वदर्शी है
कादिर अकेला ही हर सटीक और गुप्त निपटारा करने में सक्षम है। नींद और कला विशेषज्ञों ने सपनों की बारीकियों पर एक के बाद एक कई लेख लिखे
उन्होंने भगवान की बुद्धि की सारी दरें लगा दी हैं।.

---

सूरह अल फुरकान **25**, आयत **47**
और वही है जिसने तुम्हारे लिए रात पर परदा डाला है और नींद विश्राम के समान और दिन पुनरुत्थान के समान है समय बना 54.
 54. तौहीद और एकता की घोषणा करना सही बात है। दिन उन्होंने बिना किसी भागीदारी के, अपनी शक्ति से व्रत किया
 और एक विशिष्ट उद्देश्य और समीचीनता के लिए अपनी बुद्धि से।
 ऐसे लेखों का अपना पूरा मूल्य तब होता है जब बहुदेववादी राष्ट्रों की मान्यताओं से अवगत रहें, जो दिन और रात को स्वयं या किसी और को देवता घोषित कर दिया है
 ऐसा माना जाता है कि इसकी रचना देवी यद्य्युता ने की थी। "रो वलनोम सबटा"। नींद
यह एक चिकित्सीय तथ्य है कि यह मनोरंजन और ताजगी का कारण है।

---

सूरह अस- शम्स **91**, आयत **7**
और जॉन का और उसका जिसने इसे सही बनाया 3.
 3. आकार, रचना, अंग आदि हर दृष्टि से। "क्या हुआ,
 क्या सोये, क्या सोये। अनेक स्थानों पर मनुष्य का अर्थ है, और पूर्णता की अभिव्यक्ति का उद्देश्य इसे लाना है
 9 "अल-समा' अल-अर्ज़, नफ़्स"। तीन शब्दों का उल्लेख किया गया है
 . है मैं आ गया हूं, उसने यह भी साफ कर दिया कि आसान और
पृथ्वी और आत्मा, ये सभी रचनाएँ और उत्पाद हैं। कोई भी उनमें कोई देवता या देवता नहीं है। "खुद" इजहार

संज्ञा लिंग के रूप में निकरा प्रचुरता का बोधक है।    और आलोचना अल-खैर (आत्मा) है आत्माओं (महिमा)

---

सूरह अल इंसान **76**, आयत **1**
दरअसल, मानव इतिहास में एक समय ऐसा आया है वह कुछ भी उल्लेखनीय नहीं था.
1.  अर्थात् मनुष्य अपने जन्म से पूर्व ही मनुष्य के रूप में
यह विलुप्त हो चुका था.  समाधान, यहाँ संयोगवश ऊँचाई अर्थात् ऊँचाई का अर्थ है निश्चित रूप से या निश्चित रूप से.  चलना मतलब ऊंचाई (कशाफ) चलना मतलब ऊंचाई और इस तरह, सर्वशक्तिमान के कथन की व्याख्या यह है कि वह मनुष्यों (अल-मुगनी) पर आया।
इब्न अब्बास (आरए) और अल-क़साई और अल-फ़रा') और हल में सबीह मतलब ऊंचाई

---

मध्य पूर्व में युद्ध पश्चिमी ताकतों की ओर से सांस्कृतिक ज्ञान की कमी के कारण चिह्नित है, और यह पुस्तक इस्लाम के एक और, व्यापक रूप से उपेक्षित तत्व - रोजमर्रा की जिंदगी में सपनों की भूमिका - से संबंधित है।  जीवन के महत्वपूर्ण निर्णय लेने के लिए रात्रि सपनों का उपयोग करने की प्रथा का पता मध्य पूर्वी स्वप्न परंपराओं और प्रथाओं से लगाया जा सकता है जो इस्लाम के उद्भव से पहले थीं। इस अध्ययन में, लेखक इस्लामी स्वप्न सिद्धांत और व्याख्या के कुछ प्रमुख पहलुओं के साथ-साथ समकालीन मुसलमानों के लिए रात के सपनों की भूमिका और महत्व की पड़ताल करता है।   ऐतिहासिक और समकालीन इस्लामी भविष्यवाणी में "सच्चे" सपनों की भूमिका के आसपास इस्लामी बहस के अपने विश्लेषण में, लेखक विशेष रूप से अल-कायदा और तालिबान के सपनों की प्रथाओं और विचारधारा के महत्व को संबोधित करते हैं।  उदाहरण के लिए, "स्वर्ग" के सपने अक्सर जिहादी आत्मघाती कार्रवाई को निर्धारित करने में सहायक होते हैं, और "स्वर्गीय" सपने इज़राइल-फिलिस्तीन और कोसोवो-सर्बिया जैसे अन्य समकालीन मानव संघर्षों में भी प्रमाणित होते हैं।  इस संदर्भ में सपनों के पैटर्न की खोज करके, ऐसी समकालीन आलोचनात्मक राजनीतिक और व्यक्तिगत कल्पना की भूमिका और महत्व की एक अंतर-सांस्कृतिक, मनोवैज्ञानिक और अनुभवात्मक समझ प्राप्त की जा सकती है।

इयान आर. एडगर ब्रिटेन के डरहम विश्वविद्यालय में एक सामाजिक मानवविज्ञानी हैं। वह ड्रीमवर्क, एंथ्रोपोलॉजी एंड द केयरिंग प्रोफेशन्स (एवेबरी 1995) और गाइड टू इमेजवर्क: इमेजिनेशन-बेस्ड रिसर्च मेथड्स (रूटलेज 2004) के लेखक हैं।

# स्वप्न का विवरण हदीस में

इस्तिखारा: इस्लामी स्वप्न ऊष्मायन का मार्गदर्शन और अभ्यास
नृवंशविज्ञान तुलना के माध्यम से
इयान एडगर और डेविड हेनिग
डरहम विश्वविद्यालय
यह पेपर इस्तिखारा, इस्लामिक ड्रीम इनक्यूबेशन का परिचय और संदर्भ देता है
अभ्यास, मुसलमानों के आंतरिक और बाहरी की गतिशीलता तक पहुंचने के एक तरीके के रूप में
संसार सन्निहित कल्याण की एक परस्पर संबंधित प्रक्रिया के रूप में। हम एक परिचय देते हैं
इस्लाम और इस्लामी में स्वप्नदोष के उपचार पर मानवशास्त्रीय रूप से सूचित बहस
उपचारात्मक स्वप्न अभ्यास। अपने शोध के आधार पर, हम नृवंशविज्ञान पर चर्चा करते हैं
ब्रिटिश पाकिस्तानियों, पाकिस्तानियों और अंतिम लोगों द्वारा प्रचलित इस्तिखारा के उदाहरण
लेकिन कम से कम मुस्लिम दुनिया के एक कोने, मुस्लिम बोस्निया से एक केस अध्ययन नहीं।
हम सपने देखने की एक साझा प्रवृत्ति का पता लगाते हैं, हालाँकि सांस्कृतिक रूप से सूचित,
और इस प्रथा को मुस्लिम कल्याण की सामान्य अर्थव्यवस्था में स्थापित करें।
मुख्य शब्द: सपने देखना, उपचार करना, इस्लाम, इस्तिखारा, पाकिस्तान, बोस्निया

यदि आप किसी मुसलमान से सपनों के बारे में पूछें, तो शायद आपको एक महत्वपूर्ण बात बताई जाएगी
स्वप्न कथा जिसने उसके जीवन को प्रभावित किया है। क्षमता के माध्यम से और कल्पना की शक्ति से मुसलमान सपनों को रचनात्मक ढंग से रूपांतरित करते हैं
व्यापक और प्रेरक आख्यान जो उन्हें नेविगेट करने में मदद करते हैं
रोजमर्रा की जिंदगी की अप्रत्याशित स्थिति और दुखों पर काबू पाना
कथित द्वेषपूर्ण शक्तियों से मुठभेड़। इस्लाम और सपने हैं
शुरुआत से ही अनिवार्य रूप से एक दूसरे से जुड़ा हुआ है और हम इस्लाम के बारे में सोच सकते हैं

संभवतः आज विश्व में रात्रि स्वप्न की सबसे बड़ी संस्कृति है।  सपने हैं
यह कई मुस्लिम समाजों और इस्लामी समाजों की कल्पना में मजबूती से स्थापित
हो गया है
बड़े पैमाने पर परंपराएँ, अतीत में भी और वर्तमान में भी।
शास्त्र परंपरा तीन प्रकार के सपनों में अंतर करती है।  पहला
आध्यात्मिक सपने सच हों, रुआन, ईश्वर से प्रेरित;  दूसरे आते हैं सपने
शैतान से प्रेरित;  तीसरे आते हैं नफ्स या अहंकार से आने वाले सपने
महत्वहीन माना जाता है.  जैसा कि हमने अन्यत्र तर्क दिया है (एडगर और हेनिग
2010:
66), पश्चिम अफ्रीका से फिलीपींस तक, का त्रिपक्षीय योजनाकरण
ऊपर बताए गए सपने अधिकांश मुसलमानों के विश्व दृष्टिकोण का हिस्सा हैं,
सिर्फ विशेष रूप से पवित्र नहीं।  इसकी पुष्टि एडगर के फील्डवर्क से हुई
यूके, तुर्की, उत्तरी साइप्रस और पाकिस्तान और हेनिग के फील्डवर्क द्वारा
दागेस्तान और बोस्निया-हर्जेगोविना में सहयोगात्मक अनुसंधान, जिसके दौरान
हम
जीवन के सभी क्षेत्रों के लोगों का साक्षात्कार ले रहे थे।

हालाँकि, इस्लाम में स्वप्न विद्या का एक महत्वपूर्ण हिस्सा अपेक्षाकृत कम ज्ञात
है,
इस्लामी समुदाय के बाहर, इस्तिखारा की घटना।  इस्तिखारा के पास एक है
परिणामी दिन के मार्गदर्शन पर ध्यान देने के साथ मुख्य अभ्यास या
स्वप्न प्रतीकवाद के माध्यम से मार्गदर्शन।  विभिन्न लेखक (आयदार 2009, गौडा
1991) दिन के समय मार्गदर्शन के महत्व पर जोर देते हैं जबकि अन्य तनाव देते हैं
सपनों के माध्यम से अनुभव किया गया मार्गदर्शन।  फिर भी, अधिकांश स्रोत हम
हमारे फील्डवर्क के दौरान जो बातें सामने आई हैं उनमें सपनों को भी मुख्य भाग के
रूप में शामिल किया गया है
इस्तिखारा अभ्यास।  आयदार (2009: 123) इस्तिखारा के सार का वर्णन इस
प्रकार करता है:
ऐसे मामलों में (जहां एक मुसलमान सही कार्रवाई के बारे में अनिश्चित है)
लोग अक्सर भगवान से परिणाम के संबंध में एक संकेत भेजने के लिए कहते हैं।
फिर वे प्रार्थना करते हैं और सो जाते हैं।  यदि उन्हें अंदर सफेद या हरा रंग दिखाई
देता है

उनके सपने, या महत्वपूर्ण धार्मिक व्यक्तित्व, या शांति की कल्पना और
शांति, या सुखद, लाभकारी या सुंदर चीजें, फिर वे निर्णय लेते हैं
कि जाग्रत जीवन क्रिया लाभकारी होगी और वे इसे एक साथ करते हैं
आसान दिल.  यदि उन्हें काला, पीला या लाल या कोई अप्रिय रंग दिखाई देता है
फिर, किस प्रकार का व्यक्ति, या चीज़ें जो उन्हें असहज करती हैं या जो बदसूरत हैं
वे निर्णय लेते हैं कि यह कार्य लाभकारी नहीं है और वे इसे करना छोड़ देते हैं।
 इसके अलावा, आयदार (2009:126-127) रिपोर्ट करता है कि कई हदीसों में,
जिनमें शामिल हैं
 बुखारी के अनुसार, ऐसा कहा जाता है कि पैगंबर मोहम्मद ने अपने साथियों को
शिक्षा दी थी
 इस्तिखारा और इस्तिखारा प्रार्थना का विवरण और उन्हें इसकी सिफारिश की।
 आयदार आगे रिपोर्ट करते हैं कि पैगंबर की सिफारिश को पूरा करने के लिए दिया
गया था
 इस्तिखारा तो यह एक सुन्नत क्रिया है (भविष्यवाणी उदाहरण) यदि संभव हो तो
किया जाना चाहिए
 किसी भी उद्यम को शुरू करने से पहले (2009:127)।
 इस्लाम के बारे में तर्क संभवतः रात्रि स्वप्न की सबसे बड़ी संस्कृति है
 दुनिया आज कई अन्य प्रश्न उठा रही है, विशेष रूप से मुसलमानों की प्रवृत्ति के बारे
में
 सांस्कृतिक रूप से सूचित अभ्यास और कल्पना के रूप में एक विशेष तरीके से
सपने देखना।
 ऐसा करते हुए, हम अपने-अपने क्षेत्रीय कार्यों के आधार पर मुसलमानों को प्रस्तुत
करते हैं
 अपने सपनों के अनुभवों को देखें, कल्पना करें और बयान करें, और इस्तिखारा में
 विशिष्ट।   फिर भी, हम इस्तिखारा, स्वप्न ऊष्मायन अभ्यास को एक प्रकार का
मानते हैं
 इस्लामी लोक उपचार पद्धति.  इसलिए, हम नृवंशविज्ञान आख्यान प्रस्तुत करते
हैं
 इस्तिखारा और विशेष रूप से मुस्लिम दुनिया के विभिन्न कोनों से
 (ब्रिटिश) पाकिस्तानी मुसलमानों और एक इस्तिखारा द्वारा बताई गई समृद्ध
कथाएँ
 और एक प्रश्न खोलने के लिए बोस्निया-हर्जेगोविना के इस्लामी चिकित्सक

स्वप्न, उपचार और धर्म के बीच संबंध के बारे में।  Csordas के रूप में
तर्क (1994: 1, 3)
जहाँ तक प्रत्येक संस्कृति को भावनात्मक और मानसिक संकट से जूझना पड़ता है
बीमारी, प्रत्येक में मनोचिकित्सा के अपने स्वयं के रूप विकसित होने की संभावना
है, इनमें से कुछ
जिसे हम धार्मिक उपचार के रूप में पहचान सकते हैं  एक अनुभवात्मक है
धार्मिक उपचार में प्रभाव की विशिष्टता  प्रभावकारिता का स्थान नहीं है
लक्षण, मानसिक विकार, प्रतीकात्मक अर्थ, या सामाजिक
रिश्ते, लेकिन स्वयं जिसमें ये सब समाहित हैं।
इस पेपर में कई नृवंशविज्ञान-सह-स्वप्न सूक्ष्म मामले प्रस्तुत करके-
अध्ययन के अनुसार, हम तर्क देते हैं कि सपने देखना विभिन्न संस्कृतियों के
मुसलमानों द्वारा अभ्यास किया जाता है
परंपराएँ, और बोस्नियाई इस्लामी मरहम लगाने वाले का दैवीय साक्षात्कार का
विवरण
सपनों के माध्यम से शक्तियां और द्वेषपूर्ण आत्माएं किसकी गतिशीलता पर
प्रकाश डालती हैं
मुसलमानों की आंतरिक और बाहरी दुनिया परस्पर संबंधित प्रक्रियाओं के रूप में
सन्निहित हैं
भलाई के निर्माण, और सामान्य मुस्लिम ब्रह्माण्ड विज्ञान पर भी
कल्याण।
इस्लाम, स्वप्न और नृवंशविज्ञान
बहुआयामी और टेपेस्ट्रीड इस्लामी परंपराओं में मार्गदर्शन का अभ्यास
इस्तिखारा प्रार्थना का पालन करना भिन्न होता है, और व्याख्या करने का
निर्णायक अधिकार होता है
सपने अलग होते हैं.  स्वप्न व्याख्याओं पर अधिकार का संबंध है
सूफ़ी प्रथा में यह और भी अधिक स्पष्ट है।  ब्रिटिश पाकिस्तानी सूफ़ी पर अपने
फ़ील्डवर्क में
आदेश, और विशेष रूप से एक करिश्माई सूफी संत, शेख द्वारा स्थापित आदेश
एनडब्ल्यूएफपी, वर्बनेर (2003) से जिंदापीर ने सूफी ब्रह्मांड विज्ञान के बारे में
सीखा
वरिष्ठ सूफी, हाजी करीम, शेख के अनुयायी, और वह एक झलक प्रदान करती है
हाजी करीम द्वारा बताए गए ऐसे मार्गदर्शन के बारे में:

पीर (शेख) जानता है कि कोई व्यक्ति यात्रा पर निकलने के लिए तैयार है या नहीं
(आध्यात्मिक उत्थान) व्यक्ति को देखने मात्र से ही उसे प्रेरणा मिलती है या
ईश्वर से रहस्योद्घाटन (इल्हाम);   अन्यथा, वह अप्रत्यक्ष रूप से इस्तिखारा की
तलाश कर सकता है
संकेत (अविष्यवाणी का एक रूप)।  इस्तिखारा के दो रूप हैं: या तो
संत कुरान का एक अंश पढ़ते हैं और फिर सो जाते हैं।  शुरू में
वह अपनी नींद में ऐसे रंग और संकेत देखता है जिनकी वह सकारात्मक व्याख्या
कर सकता है
या नकारात्मक.  कुछ रंग जैसे हरा और सफेद सकारात्मक हैं;  अन्य
जैसे काला, लाल या पीला, नकारात्मक हैं।  दूसरा तरीका है पढ़ना
कुरान का प्रारंभिक सूरह (अध्याय) और शब्दों को दोहराएं (बाद में)।
तीसरी या चौथी पंक्ति) प्रार्थना करते समय बार-बार।  इस जागरुकता में
दोहराव, सिर बायीं या दायीं ओर झुकेगा और यह संकेत देगा
चाहे उत्तर सकारात्मक हो या नकारात्मक (वेर्बनेर 2003: 193-4)।

---

सहीह बुखारी शरीफ़, पुस्तक **87** का अनुवाद:

सपनों की व्याख्या

खंड 9, पुस्तक 87, संख्या 111:

'आयशा' से रिवायत है:

अल्लाह के रसूल को ईश्वरीय प्रेरणा की शुरूआत नींद में अच्छे नेक (सच्चे) सपनों
के रूप में हुई।  उसने कभी कोई सपना नहीं देखा था लेकिन वह दिन के उजाले की
तरह सच हो गया।  वह एकान्त में (हीरा की गुफा में) जाता था जहाँ वह कई (दिनों)
रातों तक लगातार (अकेले अल्लाह की) इबादत करता था।  वह यात्रा के दौरान
भोजन अपने साथ ले जाता था (रहने के लिए) और फिर (अपनी पत्नी) खदीजा के
पास वापस आ जाता था ताकि उसी प्रकार एक और अवधि के लिए अपना भोजन ले
सके, जब तक कि जब वह अंदर था तब अचानक सत्य उस पर नहीं उतरा।  हीरा की
गुफा.  उसमें देवदूत उसके पास आया और उसे पढ़ने के लिए कहा।  पैगंबर ने उत्तर
दिया, "मैं पढ़ना नहीं जानता।"  (पैगंबर ने आगे कहा), "स्वर्गदूत ने मुझे (जबरदस्ती

से) पकड़ लिया और इतनी जोर से दबाया कि मैं और सहन नहीं कर सका। फिर उसने मुझे छोड़ दिया और फिर से मुझे पढ़ने के लिए कहा, और मैंने जवाब दिया, "मुझे नहीं पता कि कैसे पढ़ना है ," जिसके बाद उसने मुझे फिर से पकड़ लिया और मुझे दूसरी बार तब तक दबाया जब तक कि मैं इसे और सहन नहीं कर सका। फिर उसने मुझे छोड़ दिया और मुझे फिर से पढ़ने के लिए कहा, लेकिन मैंने फिर से जवाब दिया, "मुझे नहीं पता कि कैसे पढ़ना है (या, क्या पढ़ना चाहिए) मैंने पढ़ा?)।" इसके बाद उसने मुझे तीसरी बार पकड़ा और दबाया और फिर मुझे छोड़ दिया और कहा, "पढ़ें: नाम मेंतुम्हारे रब की, जिसने (जो कुछ भी मौजूद है) बनाया है। मनुष्य को एक थक्के से बनाया है। पढ़ो और तुम्हारा रब अत्यंत उदार है...उस तक... ..जो वह नहीं जानता था।" (96.15)


तब अल्लाह के रसूल प्रेरणा लेकर लौटे, उनकी गर्दन की मांसपेशियां भय से हिल रही थीं, जब तक कि वह खदीजा के पास नहीं पहुंचे और कहा, "मुझे ढक दो! मुझे ढक दो!" उन्होंने उसे तब तक ढका रखा जब तक उसका डर खत्म नहीं हो गया और फिर उसने कहा, "हे ख़दीजा, मुझे क्या हो गया है?" फिर उसने उसे सब कुछ बताया जो घटित हुआ था और कहा, 'मुझे डर है कि मेरे साथ कुछ हो सकता है।' सगे-संबंधियों, सच बोलो, गरीबों और निराश्रितों की मदद करो, अपने मेहमानों की उदारतापूर्वक सेवा करो और योग्य, विपत्तिग्रस्त लोगों की सहायता करो।" ख़दीजा फिर उनके साथ (अपने चचेरे भाई) वरका बिन नौफ़ल बिन असद बिन 'अब्दुल 'उज़्ज़ा बिन कुसाई के पास गईं। वारका उसके चाचा का बेटा था, यानी, उसके पिता का भाई, जो पूर्व-इस्लामिक काल के दौरान ईसाई बन गया था और अरबी लेखन करता था और अरबी में गोस्पेल लिखता था जितना अल्लाह उसे लिखना चाहता था। वह एक बूढ़ा आदमी था और उसकी आँखों की रोशनी चली गई थी। खदीजा ने उससे कहा, "हे मेरे चचेरे भाई! अपने भतीजे की कहानी सुनो।" वरका ने पूछा, "हे मेरे भतीजे! तुमने क्या देखा?" पैगम्बर ने जो कुछ भी देखा उसका वर्णन किया।वारका ने कहा, "यह वही नामुस (यानी, गेब्रियल, रहस्य रखने वाला देवदूत) है जिसे अल्लाह ने मूसा के पास भेजा था। काश मैं जवान होता और उस समय तक जीवित रह पाता जब आपके लोग आपको बाहर कर देंगे।" अल्लाह के रसूल ने पूछा, "क्या वे मुझे बाहर निकाल देंगे?" वरका ने सकारात्मक उत्तर दिया और कहा: "कभी भी कोई व्यक्ति वैसा कुछ लेकर नहीं आया जैसा आप लाए हैं, लेकिन उसके साथ शत्रुतापूर्ण व्यवहार किया गया। यदि मैं उस दिन तक जीवित रहूं जब तक आपको बाहर नहीं निकाला जाएगा, तब तक मैं आपका पुरजोर समर्थन करूंगा।" लेकिन

कुछ दिनों के बाद वारका की मृत्यु हो गई और ईश्वरीय प्रेरणा भी कुछ समय के लिए रुक गई और पैगंबर इतने दुखी हो गए जैसा कि हमने सुना है कि उन्होंने कई बार खुद को ऊंचे पहाड़ों की चोटी से फेंकने का इरादा किया और हर बार वह ऊपर चले गए।  खुद को गिराने के लिए एक पहाड़ पर, गेब्रियल उसके सामने आते थे और कहते थे, "हे मुहम्मद! आप वास्तव में अल्लाह के रसूल हैं" जिससे उनका दिल शांत हो जाता था और वह शांत हो जाते थे और घर लौट जाते थे।  और जब कभी प्रेरणा के आने की अवधि लम्बी हो जाती थी तो वह पहले जैसा ही करता था, लेकिन जब वह किसी पहाड़ की चोटी पर पहुँच जाता था तो जिब्राईल उसके सामने आ जाता था और उससे वही कहता था जो उसने पहले कहा था।  (इब्न अब्बास ने इसके अर्थ के बारे में कहा: 'वह वह है जो दिन के उजाले को (अंधेरे से) दूर करता है' (6.96) वह अल-असबा है। इसका मतलब है दिन के दौरान सूर्य की रोशनी और रात में चंद्रमा की रोशनी)  .

खंड 9, पुस्तक 87, संख्या 112:

अनस बिन मलिक ने कहा:अल्लाह के रसूल ने कहा, "एक धर्मी व्यक्ति का एक अच्छा सपना (जो सच होता है) पैगम्बरवाद के छतीस भागों में से एक है।"

खंड 9, पुस्तक 87, संख्या 113:

अबू क़तादा से रिवायत है:

पैगंबर ने कहा, "एक सच्चा अच्छा सपना अल्लाह की ओर से है, और एक बुरा सपना शैतान की ओर से है।"

खंड 9, पुस्तक 87, संख्या 114:

अबू सईद अल-खुदरी से रिवायत है:

पैगंबर ने कहा, "यदि तुम में से कोई कोई सपना देखता है जो उसे पसंद है, तो यह अल्लाह की ओर से है, और उसे इसके लिए अल्लाह का शुक्रिया अदा करना चाहिए और दूसरों को बताना चाहिए; लेकिन अगर वह कुछ और देखता है, यानी कोई

सपना जो उसे नापसंद है, तो यह शैतान की ओर से है, और उसे उसकी बुराई से अल्लाह की शरण लेनी चाहिए, और उसे किसी से इसका जिक्र नहीं करना चाहिए, क्योंकि इससे उसे कोई नुकसान नहीं होगा।

खंड 9, पुस्तक 87, संख्या 115:

अबू क़तादा से रिवायत है:

पैगंबर ने कहा, "अच्छा सपना जो सच होता है वह अल्लाह की ओर से होता है, और बुरा सपना शैतान की ओर से होता है, इसलिए यदि आप में से कोई भी बुरा सपना देखता है, तो उसे शैतान से बचने के लिए अल्लाह की शरण लेनी चाहिए और बाईं ओर थूकना चाहिए।" बुरा सपना उसे कोई नुकसान नहीं पहुँचाएगा।"

खंड 9, पुस्तक 87, संख्या 116:उबादा बिन अस-समित से रिवायत है:

पैगंबर ने कहा, "एक वफादार आस्तिक के (अच्छे) सपने भविष्यवाणी के छत्तीस भागों का एक हिस्सा हैं:'

खंड 9, पुस्तक 87, संख्या 117:

अबू हुरैरा से रिवायत है:

अल्लाह के रसूल ने कहा, "एक वफादार आस्तिक का (अच्छा) सपना पैगम्बरवाद के छियालीस भागों का एक हिस्सा है।"

खंड 9, पुस्तक 87, संख्या 118:

अबू सईद अल-खुदरी से रिवायत है:

मैंने अल्लाह के रसूल को यह कहते हुए सुना, "एक अच्छा सपना पैगम्बरवाद के छियालीस भागों का एक हिस्सा है।"

खंड 9, पुस्तक 87, संख्या 119:

अबू हुरैरा से रिवायत है:

मैंने अल्लाह के रसूल को यह कहते हुए सुना, "अल-मुबशिशरत के अलावा पैगम्बरवाद में कुछ भी नहीं बचा है।" उन्होंने पूछा, "अल-मुबशिशरत क्या हैं?" उन्होंने उत्तर दिया, "सच्चे अच्छे सपने (जो ख़ुशी ख़बर देते हैं)।"

खंड 9, पुस्तक 87, संख्या 120:

इब्न उमर ने रिवायत किया:

कुछ लोगों को क़द्र की रात (रमज़ान के महीने के) आखिरी सात दिनों में दिखाई गई थी। पैगंबर ने कहा, "(रमज़ान के) आखिरी सात दिनों में इसकी तलाश करो।"

खंड 9, पुस्तक 87, संख्या 121:अबू हुरैरा से रिवायत है:

अल्लाह के रसूल ने कहा, "अगर मैं यूसुफ के रहने तक जेल में रहता और फिर दूत आता, तो मैं उसकी पुकार का जवाब देता (जेल से बाहर जाने के लिए)।"

खंड 9, पुस्तक 87, संख्या 122:

अबू हुरैरा से रिवायत है:

मैंने पैगंबर को यह कहते हुए सुना, "जो कोई मुझे सपने में देखता है वह मुझे जागते हुए देखेगा, और शैतान मेरे आकार की नकल नहीं कर सकता।" अबू 'अब्दुल्ला ने कहा, "इब्न सिरिन ने कहा, 'केवल अगर वह पैगंबर को उनके (वास्तविक) आकार में देखता है।'"

खंड 9, पुस्तक 87, संख्या 123:

अनस ने बताया:

पैगंबर ने कहा, "जिसने मुझे सपने में देखा है, उसने मुझे निस्संदेह देखा है, क्योंकि शैतान मेरे आकार की नकल नहीं कर सकता है।"

खंड 9, पुस्तक 87, संख्या 124:

अबू क़तादा से रिवायत है:

पैगंबर ने कहा, "अच्छा सपना अल्लाह की ओर से है, और बुरा सपना शैतान की ओर से है। इसलिए जिसने भी (सपने में) कोई ऐसी चीज देखी जो उसे नापसंद हो, तो उसे अपनी बायीं ओर तीन बार बिना लार के थूकना चाहिए और अल्लाह से शरण मांगनी चाहिए।"  शैतान, क्योंकि इससे उसे कोई नुकसान नहीं होगा, और शैतान मेरे आकार में प्रकट नहीं हो सकता।"खंड 9, पुस्तक 87, संख्या 125:

अबू क़तादा से रिवायत है:

पैगंबर ने कहा, "जो कोई मुझे (सपने में) देखता है उसने वास्तव में सच्चाई देखी है।"

खंड 9, पुस्तक 87, संख्या 126:

अबू सईद अल-खुदरी से रिवायत है:

पैगंबर ने कहा, "जो कोई मुझे (सपने में) देखता है उसने वास्तव में सत्य देखा है, क्योंकि शैतान मेरे आकार में प्रकट नहीं हो सकता।"

खंड 9, पुस्तक 87, संख्या 127:

अबू हुरैरा से रिवायत है:

पैगंबर ने कहा, "मुझे वाक्पटु भाषण की चाबियाँ दी गई हैं और भय के साथ विजय दी गई है (शत्रु के दिलों में डाली गई है), और जब मैं कल रात सो रहा था, तब तक

पृथ्वी के खजाने की चाबियाँ मेरे पास लाई गईं।" वे मेरे हाथ में दे दिये गये।" अबू हुरैरा ने कहा: अल्लाह के रसूल (इस दुनिया को) छोड़ गए और अब आप लोग उन खजानों को एक जगह से दूसरी जगह ले जा रहे हैं।

खंड 9, पुस्तक 87, संख्या 128:

अब्दुल्ला बिन उमर से रिवायत है:अल्लाह के रसूल ने कहा, "मैंने खुद को (एक सपने में) कल रात काबा के पास देखा, और मैंने सफेद लाल रंग वाले एक आदमी को देखा, आप उस रंग के पुरुषों के बीच सबसे अच्छे देख सकते हैं जिसके लंबे बाल उसके कानों तक पहुंच रहे थे जो कि था अपनी तरह के सबसे अच्छे बाल, और उसने अपने बालों में कंघी की थी और उनमें से पानी गिर रहा था, और वह काबा के चारों ओर तवाफ़ कर रहा था, जबकि वह दो आदमियों पर या दो आदमियों के कंधों पर झुक रहा था। मैंने पूछा, 'कौन क्या यह आदमी है?' किसी ने उत्तर दिया, '(वह) मरियम का पुत्र मसीहा है।' फिर मैंने एक और आदमी को देखा जिसके बहुत घुंघराले बाल थे, दाहिनी आंख से अंधा, जो अंगूर की तरह निकला हुआ दिखता था। मैंने पूछा, 'यह कौन है?' किसी ने उत्तर दिया, '(वह) मसीहा, अद-दज्जल है।'"

खंड 9, पुस्तक 87, संख्या 129:

इब्न अब्बास से रिवायत है:

एक आदमी के बारे में जो अल्लाह के रसूल के पास आया और कहा, "मुझे कल रात एक सपने में दिखाया गया था..." फिर इब्न अब्बास ने वर्णन का उल्लेख किया।

खंड 9, पुस्तक 87, संख्या 130:

अनस बिन मलिक ने कहा:

अल्लाह के रसूल उम हरम बिन्त मिल्हान से मिलने जाते थे, वह 'उबादा बिन अस-समित' की पत्नी थीं। एक दिन पैगम्बर उससे मिलने आये और उसने उसे भोजन दिया और उसके सिर में जूँ ढूँढ़ने लगी। फिर अल्लाह के रसूल सो गए और उसके बाद मुस्कुराते हुए उठे। उम हरम ने पूछा, "हे अल्लाह के रसूल, आप किस

चीज़ पर मुस्कुराते हैं?" उन्होंने कहा, "मेरे कुछ अनुयायियों को मेरे सपने में मेरे सामने अल्लाह के रास्ते में सेनानियों के रूप में प्रस्तुत किया गया था, जो सिंहासन पर बैठे राजाओं की तरह या अपने सिंहासन पर बैठे राजाओं की तरह समुद्र के बीच में नौकायन कर रहे थे।" (वर्णनकर्ता इशाक निश्चित नहीं है कि कौन सी अभिव्यक्ति सही थी)। उम हरम ने आगे कहा, 'मैंने कहा, "हे अल्लाह के रसूल! मुझे उनमें से एक बनाने के लिए अल्लाह का आह्वान करो;" तो अल्लाह के रसूल ने उसके लिए अल्लाह का आह्वान किया और फिर अपना सिर झुका लिया (और सो गए)। फिर वह (फिर से) मुस्कुराते हुए उठा। (उम हरम ने आगे कहा): मैंने कहा, "हे अल्लाह के रसूल, आप किस चीज़ पर मुस्कुराते हैं?" उन्होंने कहा, "मेरे अनुयायियों में से कुछ लोगों को मेरे सामने (स्वप्न में) अल्लाह के रास्ते में सेनानियों के रूप में प्रस्तुत किया गया था।" उन्होंने वही कहा जो पहले कहा था. मैंने कहा, "हे अल्लाह के रसूल! मुझे उनसे बनाने के लिए अल्लाह का आह्वान करो।" उन्होंने कहा, "आप पहले लोगों में से हैं।" फिर उम हरम मुआविया बिन अबू सुफियान की खिलाफत के दौरान समुद्र के पार चलीं, और किनारे पर आने के बाद वह अपने सवारी जानवर से गिर गईं और मर गईं।

खंड 9, पुस्तक 87, संख्या 131:

ख़ारिजा बिन ज़ैद बिन साबित ने रिवायत की है:उम अल-अला एक अंसारी महिला, जिसने अल्लाह के रसूल के प्रति निष्ठा की शपथ ली थी, ने मुझे बताया: "मुहाजिर्लन (प्रवासियों) को हमारे बीच चिट्ठी डालकर बांटा गया था, और हमें अपने हिस्से में 'उथमान बिन माज़ून' मिला। हमें उसे हमारे घर में हमारे साथ रहने दिया। फिर वह एक ऐसी बीमारी से पीड़ित हो गया जो घातक साबित हुई। जब वह मर गया और उसे स्नान कराया गया और उसके कपड़े पहनाए गए। अल्लाह के रसूल आए, मैंने कहा, (शव को संबोधित करते हुए), 'हे अबा अस-साइब! अल्लाह तुम पर दयालु हो! मैं गवाही देता हूं कि अल्लाह ने तुम्हें सम्मानित किया है।' अल्लाह के रसूल ने कहा, 'तुम्हें कैसे पता कि अल्लाह ने उसका सम्मान किया है?' मैंने उत्तर दिया, 'हे अल्लाह के रसूल, मेरे पिता को तुम्हारे लिए बलिदान कर दिया जाए! अल्लाह और किसको अता करेगा। उसका सम्मान?' अल्लाह के रसूल ने कहा, 'जहां तक उसकी बात है, अल्लाह की सौगंध से, उसकी मौत आ गई है। अल्लाह की कसम, मैं उसके लिए (अल्लाह से) सब कुछ अच्छा होने की कामना करता हूँ। अल्लाह की कसम, इस तथ्य के बावजूद कि मैं अल्लाह का रसूल हूं, मुझे नहीं पता कि अल्लाह मेरे साथ

क्या करेगा।", उम अल-अला ने कहा, "अल्लाह की कसम, मैं उसके बाद कभी किसी की धार्मिकता की पुष्टि नहीं करूंगा।"

खंड 9, पुस्तक 87, संख्या 132:

सुनाई गई अज़-ज़ुहरी:

उपरोक्त कथन के संबंध में, पैगंबर ने कहा, "मुझे नहीं पता कि अल्लाह उसके (उथमान बिन माज़ुन) के साथ क्या करेगा।"  उम अल-अला ने कहा, "मुझे इसके लिए बहुत खेद हुआ, और फिर मैं सो गया और एक सपने में उस्मान बिन माज़ून के लिए एक बहता हुआ झरना देखा, और इसके बारे में अल्लाह के रसूल को बताया, और उन्होंने कहा, " वह बहता हुआ झरना  उनके अच्छे कर्मों का प्रतीक है।"

खंड 9, पुस्तक 87, संख्या 133:

अबू क़तादा अल-अंसारी ने कहा:

(पैगंबर का एक साथी और उनके घुड़सवारों में से एक) "मैंने अल्लाह के रसूल को यह कहते हुए सुना, "एक अच्छा सपना अल्लाह की ओर से है, और एक बुरा सपना शैतान की ओर से है;  अतः यदि तुम में से किसी को कोई बुरा सपना आए जो उसे नापसंद हो, तो उसे अपनी बायीं ओर थूकना चाहिए और उससे अल्लाह की पनाह मांगनी चाहिए, क्योंकि इससे उसे कोई हानि नहीं होगी।खंड 9, पुस्तक 87, संख्या 134:

इब्न उमर ने रिवायत किया:

मैंने अल्लाह के रसूल को यह कहते हुए सुना, "जब मैं सो रहा था, मुझे (एक सपने में) दूध से भरा एक कटोरा दिया गया, और मैंने इसे तब तक जी भर कर पीया जब तक मैंने देखा कि इसका गीलापन मेरे नाखूनों से नहीं निकल रहा था, और फिर मैंने दूध दे दिया।"  बाकी उमर को।"  उन्होंने (लोगों ने) पूछा, "आपने (सपने के बारे में) क्या व्याख्या की है? हे अल्लाह के रसूल?"  उन्होंने कहा, "(यह धार्मिक) ज्ञान है।"

खंड 9, पुस्तक 87, संख्या 135:

अब्दुल्ला बिन उमर से रिवायत है:

अल्लाह के रसूल ने कहा, "जब मैं सो रहा था, मुझे (सपने में) दूध से भरा एक कटोरा दिया गया और मैंने इसे तब तक पीया जब तक मैंने देखा कि इसका गीलापन मेरे अंगों से बाहर नहीं आ रहा था। फिर मैंने बाकी दूध दे दिया।" यह 'उमर बिन अल-खत्ताब' के लिए है। उसके आस-पास बैठे लोगों ने पूछा, "हे अल्लाह के रसूल, आपने (स्वप्न के बारे में) क्या व्याख्या की है?" उन्होंने कहा, "(यह धार्मिक) ज्ञान है।"

खंड 9, पुस्तक 87, संख्या 136:

अबू सईद अल-खुदरी से रिवायत है:

अल्लाह के रसूल ने कहा, "जब मैं सो रहा था, कुछ लोग मेरे सामने (एक सपने में) दिखाई दिए। उन्होंने शर्ट पहनी हुई थी, जिनमें से कुछ ने केवल अपने स्तनों को ढँक रखा था, और कुछ ने थोड़ी लंबी। तभी मेरे सामने से गुज़रा, 'उमर' बिन अल-खत्ताब एक शर्ट पहनकर उसे (अपने पीछे जमीन पर) खींच रहा था" उन्होंने (लोगों ने) पूछा, "हे अल्लाह के रसूल, आपने (सपने के बारे में) क्या व्याख्या की है?" उन्होंने कहा, "धर्म।"

खंड 9, पुस्तक 87, संख्या 137:

अबू सईद अल-खुदरी से रिवायत है:

मैंने अल्लाह के रसूल को यह कहते सुना, "जब मैं सो रहा था, मैंने (एक सपने में) देखा कि लोग मेरे सामने शर्ट पहने हुए थे, जिनमें से कुछ (इतने छोटे थे कि उनकी छाती तक पहुँच गए थे और कुछ उससे नीचे तक पहुँच गए थे) . फिर 'उमर बिन अल-खत्ताब को मुझे दिखाया गया और उसने एक शर्ट पहनी हुई थी जिसे वह (अपने पीछे) खींच रहा था।' उन्होंने पूछा। आपने (स्वप्न के बारे में) क्या व्याख्या की है? हे अल्लाह के रसूल?" उन्होंने कहा, "धर्म।"खंड 9, पुस्तक 87, संख्या 138:

क़ैस बिन 'उबादा ने रिवायत किया:

मैं एक सभा में बैठा था जिसमें साद बिन मलिक और इब्न उमर थे।  'अब्दुल्ला बिन सलाम उनके सामने से गुज़रे और उन्होंने कहा, "यह आदमी स्वर्ग के लोगों में से है।"  मैंने अब्दुल्ला बिन सलाम से कहा, "उन्होंने ऐसा-ऐसा कहा।"  उन्होंने उत्तर दिया, "सुभान अल्लाह! उन्हें ऐसी बातें नहीं कहनी चाहिए थी जिसका उन्हें कोई ज्ञान नहीं था, लेकिन मैंने (एक सपने में) देखा कि एक हरे बगीचे में एक खंभा लगा हुआ था। खंभे के शीर्ष पर एक हैंडहोल्ड था और  उसके नीचे एक नौकर था। मुझसे (पोस्ट पर) चढ़ने के लिए कहा गया था। इसलिए मैं उस पर तब तक चढ़ गया जब तक कि मैंने हैंडहोल्ड पकड़ नहीं लिया।"  फिर मैंने यह स्वप्न अल्लाह के रसूल को सुनाया।   अल्लाह के रसूल ने कहा, "'अब्दुल्ला मजबूत विश्वसनीय पकड़ (यानी, इस्लाम) को पकड़े हुए ही मर जाएगा।"

खंड 9, पुस्तक 87, संख्या 139:

'आयशा' से रिवायत है:

अल्लाह के रसूल ने (मुझसे) कहा, "तुम मुझे (मेरे) सपने में दो बार दिखाई दिए। देखो, एक आदमी तुम्हें रेशमी कपड़े में ले जा रहा था और मुझसे कहा, "वह तुम्हारी पत्नी है, इसलिए उसे उजागर करो,'  और देखो, वह तुम ही थे।  मैं तब (अपने आप से) कहूंगा, 'यदि यह अल्लाह की ओर से है, तो यह अवश्य होगा।'  "

खंड 9, पुस्तक 87, संख्या 140:

'आयशा' से रिवायत है:

अल्लाह के रसूल ने मुझसे कहा, "तुम्हें तुमसे शादी करने से पहले (मेरे सपने में) दो बार दिखाया गया था। मैंने एक स्वर्गदूत को तुम्हें रेशमी कपड़े के टुकड़े में ले जाते देखा, और मैंने उससे कहा, 'उसे (उसे) उजागर करो', और  देखो, वह तुम ही थे। मैंने (अपने आप से) कहा, 'यदि यह अल्लाह की ओर से है, तो यह अवश्य होगा।' फिर तुम मुझे दिखाई दिए, एक स्वर्गदूत तुम्हें एक रेशमी कपड़े में ले जा रहा था, और

मैंने (उससे) कहा, 'उसे (उसे) खोलो, और देखो, वह तुम थे। मैंने (अपने आप से) कहा,' यदि यह है  अल्लाह की ओर से, तो यह अवश्य होगा।' "

खंड 9, पुस्तक 87, संख्या 141:

अबू हुरैरा से रिवायत है:मैंने अल्लाह के रसूल को यह कहते हुए सुना, "मुझे जवामी अल-कलीम (यानी, व्यापक अर्थों वाली सबसे छोटी अभिव्यक्ति) के साथ भेजा गया है, और मुझे विस्मय (दुश्मन के दिलों में धाक जमाना) के साथ विजयी बनाया गया था, और जब मैं सो रहा था  , पृथ्वी के खज़ानों की कुंजियाँ मेरे पास लाई गईं और मेरे हाथ में दे दीं गईं।"  मुहम्मद ने कहा, जवामी-अल-कलीम का मतलब है कि अल्लाह एक या दो बयानों या उसके आसपास उन अनगिनत मामलों को व्यक्त करता है जो पैगंबर (आने) से पहले प्रकट किताबों में लिखे जाते थे।

खंड 9, पुस्तक 87, संख्या 142:

अब्दुल्ला बिन सलाम से रिवायत है:

(स्वप्न में) मैं ने अपने आप को एक बगीचे में देखा, और बगीचे के बीच में एक खम्भा था, और खम्भे के शीर्ष पर एक हैंडहोल्ड था।  मुझे इस पर चढ़ने के लिए कहा गया.  मैंने कहा, "मैं नहीं कर सकता।"  तभी एक नौकर आया और मेरे कपड़े उठाये और मैं (खम्भे) पर चढ़ गया, और फिर हाथ पकड़ लिया, और मैं उसे पकड़े हुए ही उठ गया।  मैंने इसे पैगंबर को सुनाया, जिन्होंने कहा था, "बगीचा इस्लाम के बगीचे का प्रतीक है, और हैंडहोल्ड एक मजबूत इस्लामी हैंडहोल्ड है जो इंगित करता है कि आप मरने तक दृढ़ता से इस्लाम का पालन करेंगे।"

खंड 9, पुस्तक 87, संख्या 143:

इब्न उमर ने रिवायत किया:

मैंने एक सपने में अपने हाथ में रेशमी कपड़े का एक टुकड़ा देखा, और मैंने उसे स्वर्ग में जिस भी दिशा में लहराया, वह उड़ गया, और मुझे वहाँ ले गया।  मैंने यह (सपना) (मेरी बहन) हफ्सा को सुनाया और उसने इसे पैगंबर को बताया जिन्होंने

कहा, (हफ्सा से), "वास्तव में, तुम्हारा भाई एक धर्मी व्यक्ति है," या, "वास्तव में, 'अब्दुल्ला एक धर्मी व्यक्ति है। "

खंड 9, पुस्तक 87, संख्या 144:

अबू हुरैरा से रिवायत है:

अल्लाह के रसूल ने कहा, "जब पुनरुत्थान का दिन आता है, तो आस्तिक के सपने शायद ही कभी सच होते हैं, और आस्तिक का सपना पैगम्बरवाद के छत्तीस भागों में से एक है, और जो कुछ भी भविष्यवाणी से संबंधित है वह कभी झूठा नहीं हो सकता है। " मुहम्मद बिन सिरिन ने कहा, "लेकिन मैं यह कहता हूं।" उन्होंने कहा, "यह कहा जाता था, 'सपने तीन प्रकार के होते हैं: जागने के दौरान किसी के विचारों और अनुभवों का प्रतिबिंब, सपने देखने वाले को डराने के लिए शैतान द्वारा क्या सुझाव दिया जाता है, या अल्लाह से खुशखबरी। इसलिए, यदि कोई  यदि उसका कोई स्वप्न हो जो उसे नापसंद हो, तो उसे दूसरों को न बताना चाहिए, बल्कि उठकर प्रार्थना करना चाहिए।"  उन्होंने आगे कहा, "उन्हें (अबू हुरैरा को) सपने में गुलाम (यानी उनके गले में लोहे का कॉलर) देखने से नफरत थी और लोगों को (सपने में उनके पैरों में) बेड़ियां देखना पसंद था। पैरों में बेड़ियां किसी की स्थिरता का प्रतीक हैं और  धर्म का दृढ़ पालन।"  और अबू 'अब्दुल्ला ने कहा, "गुल (लोहे के कॉलर) का उपयोग केवल गर्दन के लिए किया जाता है।"

खंड 9, पुस्तक 87, संख्या 145:

ख़ारिजा बिन ज़ैद बिन साबित ने रिवायत की है:उम अल-अला एक अंसारी महिला, जिसने अल्लाह के रसूल के प्रति निष्ठा की शपथ ली थी, ने कहा, "उथमान बिन माज़ून हमारे हिस्से में आए जब अंसार ने प्रवासियों को आपस में बांटने के लिए चिट्ठी निकाली, वह बीमार हो गए  और हमने उसके मरने तक उसकी देखभाल (देखभाल) की। फिर हमने उसे उसके कपड़ों में ढक दिया। अल्लाह के रसूल हमारे पास आए, मैंने (शव को संबोधित करते हुए) कहा, "अल्लाह की दया तुम पर हो, हे अबा अस-सा'इब  !  मैं गवाही देता हूं कि अल्लाह ने तुम्हें सम्मानित किया है।" पैगंबर ने कहा, 'तुम यह कैसे जानते हो?'  मैंने उत्तर दिया, 'मैं नहीं जानता, अल्लाह की कसम।'  उन्होंने कहा, 'जहां तक उनकी बात है, मौत उनके पास आ गई है और

मैं अल्लाह से उनके अच्छे होने की कामना करता हूं। अल्लाह की कसम, हालांकि मैं अल्लाह का रसूल हूं, मैं न तो जानता हूं कि मेरे साथ क्या होगा, न ही तुम्हें।" उम अल-' अला ने कहा, "अल्लाह की कसम, मैं उसके बाद कभी किसी की धार्मिकता की पुष्टि नहीं करूंगी।" उन्होंने आगे कहा, "बाद में मैंने सपने में उस्मान के लिए एक बहता हुआ झरना देखा। इसलिए मैं अल्लाह के रसूल के पास गई और उनसे इसका जिक्र किया। उन्होंने कहा, 'यह उनके अच्छे कर्मों का (प्रतीक) है (जिसका इनाम) उसके लिए चल रहा है.' "

खंड 9, पुस्तक 87, संख्या 146:

इब्न उमर ने रिवायत किया:

अल्लाह के रसूल ने कहा, "(मैंने सपने में देखा कि) जब मैं एक कुएं पर खड़ा था और उसमें से पानी निकाल रहा था, अचानक अबू बक्र और 'उमर मेरे पास आए। अबू बक्र ने बाल्टी ली और एक या दो बाल्टी (पानी से भरी) खींची ), लेकिन उसके खींचने में कमजोरी थी, लेकिन अल्लाह ने उसे माफ कर दिया। फिर इब्न अल-खताब ने अबू बक्र के हाथ से बाल्टी ले ली और बाल्टी उसके हाथ में बहुत बड़ी हो गई। मैंने लोगों के बीच कभी कोई मजबूत आदमी नहीं देखा ऐसा कठिन काम करना जैसा 'उमर ने किया, जब तक कि (लोगों ने अपनी संतुष्टि के लिए पानी नहीं पी लिया) और अपने ऊंटों को पेट भरने के लिए पानी नहीं पिलाया और वे पानी के पास बैठ गए।"

खंड 9, पुस्तक 87, संख्या 147:

सलीम के पिता ने सुनाया:

पैगंबर के सपने के बारे में जिसमें उन्होंने अबू बक्र और उमर को देखा है: पैगंबर ने कहा, "मैंने (एक सपने में) देखा कि लोग इकट्ठा हुए थे। फिर अबू बक्र खड़े हुए और पानी से भरी एक या दो बाल्टी बाहर निकाली एक कुआं) और उसके खींचने में कमजोरी थी - अल्लाह उसे माफ कर दे। फिर इब्न अल-खताब खड़ा हुआ, और बाल्टी बहुत बड़ी हो गई और मैंने लोगों के बीच किसी भी मजबूत आदमी को इतनी मेहनत करते हुए नहीं देखा है . उसने इतना पानी निकाला कि लोगों ने (अपनी

तृप्ति के अनुसार पीया) और अपने ऊँटों को पेट भर पानी पिलाया, (और फिर अपनी प्यास बुझाने के बाद) वे पानी के पास बैठ गए।"

खंड 9, पुस्तक 87, संख्या 148:

अबू हुरैरा से रिवायत है:अल्लाह के रसूल ने कहा, "जब मैं सो रहा था, मैंने खुद को एक कुएं पर खड़ा देखा, जिसके ऊपर एक बाल्टी थी। मैंने उसमें से जितनी चाहें उतनी बाल्टी पानी निकाला, और फिर इब्न अबी कुहफा (अबू बक्र) ने बाल्टी ले ली।" मुझसे और एक या दो भरी हुई बाल्टियाँ निकालीं, और उसके खींचने में कमजोरी थी - अल्लाह उसे माफ कर दे। फिर बाल्टी बहुत बड़ी हो गई और 'उमर बिन अल-खताब ने उसे ले लिया। मैंने कभी कोई मजबूत नहीं देखा  लोगों के बीच आदमी, उमर की तरह इतनी ताकत से पानी खींचता था, जब तक कि लोगों ने (अपनी संतुष्टि के लिए पानी नहीं पी लिया और) अपने ऊंटों को पेट भरने के लिए पानी पिलाया; जिसके बाद ऊंट पानी के पास बैठ गए।"

खंड 9, पुस्तक 87, संख्या 149:

अबू हुरैरा से रिवायत है:

अल्लाह के रसूल ने कहा, "जब मैं सो रहा था, मैंने खुद को एक टैंक (कुएं) पर खड़ा देखा और लोगों को पीने के लिए पानी दे रहा था। फिर अबू बक्र मेरे पास आए और मुझे राहत देने के लिए मुझसे बाल्टी ले ली और उन्होंने एक बाल्टी बाहर निकाली या दो भरी हुई बाल्टियाँ, और उसके खींचने में कमजोरी थी - अल्लाह उसे माफ कर दे। फिर इब्न अल-खताब ने उसे उससे ले लिया और तब तक पानी खींचता रहा जब तक कि लोग चले नहीं गए (संतुष्ट होने के बाद) जबकि टैंक पानी से भर गया था  ।"

खंड 9, पुस्तक 87, संख्या 150:

अबू हुरैरा से रिवायत है:

हम अल्लाह के रसूल के साथ बैठे थे, उन्होंने कहा, "जब मैं सो रहा था, मैंने खुद को जन्नत में देखा। अचानक मैंने एक महिला को महल के पास स्नान करते हुए देखा।

मैंने पूछा, "यह महल किसके लिए है?" उन्होंने (स्वर्गदूतों ने) उत्तर दिया , "यह उमर बिन अल-खत्ताब के लिए है।" फिर मुझे उमर का गहिरा याद आया और मैं जल्दी से वापस चला गया।" यह सुनकर, उमर रोने लगे और कहा, "मेरे पिता और माँ को आपके लिए बलिदान कर दिया जाए। हे अल्लाह के रसूल! मुझे यह सोचने की हिम्मत कैसे हुई कि मेरा गहिरा आपके द्वारा नाराज हो जाएगा?"

खंड 9, पुस्तक 87, संख्या 151:

जाबिर बिन अब्दुल्ला से रिवायत है:

अल्लाह के रसूल ने कहा: (मैंने सपने में देखा कि) मैं स्वर्ग में प्रवेश कर गया, और देखो, वहाँ सोने का एक महल बना हुआ था! मैंने पूछा, 'यह महल किसके लिए है?' उन्होंने (स्वर्गदूतों ने) उत्तर दिया, 'कुरैश के एक आदमी के लिए।' पैगंबर ने कहा, "हे इब्न अल-खत्ताब! आपके ग़िरा के अलावा मुझे इसमें प्रवेश करने से किसी ने नहीं रोका।" उमर ने कहा, "मुझे यह सोचने की हिम्मत कैसे हुई कि मेरे ग़ाहिरा को आपके द्वारा नाराज किया जाएगा, हे अल्लाह के रसूल?"

खंड 9, पुस्तक 87, संख्या 152:

अबू हुरैरा से रिवायत है:

हम अल्लाह के रसूल के साथ बैठे थे, उन्होंने कहा, "जब मैं सो रहा था, मैंने खुद को स्वर्ग में देखा, और देखो, एक महिला महल के किनारे स्नान कर रही थी। मैंने पूछा, 'यह महल किसके लिए है?' उन्होंने उत्तर दिया, 'उमर' के लिए तब मुझे 'उमर' के गहिरा की याद आई और मैं तुरंत लौट आया। 'उमर (यह सुनकर) रोए और कहा, "हे अल्लाह के रसूल, मेरे पिता और माता को आपके लिए बलिदान कर दिया जाए! मेरी हिम्मत कैसे हुई कि मैं अपने गहिरा को आपके द्वारा नाराज होने के बारे में सोचूं।'खंड 9, पुस्तक 87, संख्या 153:

अब्दुल्ला बिन उमर से रिवायत है:

अल्लाह के रसूल ने कहा, "जब मैं सो रहा था, मैंने खुद को काबा का तवाफ़ करते हुए देखा। देखो, वहाँ मैंने एक सफेद-लाल लंगूर बालों वाले आदमी को दो आदमियों के बीच (खुद को पकड़े हुए) देखा और उसके बालों से पानी गिर रहा था। मैंने पूछा, 'यह कौन है?' लोगों ने उत्तर दिया, 'वह मरियम का पुत्र है।' फिर मैंने अपना चेहरा घुमाया और लाल रंग, बड़े शरीर, घुंघराले बाल और दाहिनी आंख से अंधा, बाहर निकले हुए अंगूर की तरह दिखने वाले एक और आदमी को देखा। मैंने पूछा, 'वह कौन है?' उन्होंने उत्तर दिया, 'वह अद-दज्जल है।' इब्न कतान लोगों के बीच किसी भी अन्य व्यक्ति से अधिक मिलता-जुलता है और इब्न कतान खुजाआ के बानी अल-मुस्तलिक का एक व्यक्ति था।"

खंड 9, पुस्तक 87, संख्या 154:

अब्दुल्ला बिन उमर से रिवायत है:

मैंने अल्लाह के रसूल को यह कहते हुए सुना, "जब मैं सो रहा था, मैंने देखा कि दूध से भरा एक कटोरा मेरे पास लाया गया था और मैंने इसे तब तक पीया (भरपेट) जब तक मैंने देखा कि इसका गीलापन (मेरे शरीर में) बह रहा था। फिर मैंने बचा हुआ दूध दे दिया इसमें से 'उमर।' उन्होंने पूछा, "हे अल्लाह के रसूल! आपने (सपने के बारे में) क्या व्याख्या की है? उन्होंने कहा, "(यह धार्मिक ज्ञान है)।" (हदीस संख्या 134 देखें)

खंड 9, पुस्तक 87, संख्या 155:

इब्न उमर ने रिवायत किया:

अल्लाह के रसूल के साथियों में से लोग अल्लाह के रसूल के जीवनकाल में सपने देखते थे और वे उन सपनों को अल्लाह के रसूल को सुनाते थे। अल्लाह के रसूल उनकी व्याख्या वैसे करेंगे जैसे अल्लाह चाहता था। मैं एक जवान आदमी था और अपनी शादी से पहले मस्जिद में रहता था। मैंने खुद से कहा, "अगर मुझमें कोई अच्छाई होती तो मैं भी वही देखता जो ये लोग देखते हैं।" इसलिए जब मैं एक रात बिस्तर पर गया, तो मैंने कहा, "हे अल्लाह! यदि तुम्हें मुझमें कोई अच्छाई दिखाई देती है, तो मुझे एक अच्छा सपना दिखाओ।" तो जब मैं उस अवस्था में था, तो

(स्वप्न में) दो देवदूत मेरे पास आये। उनमें से प्रत्येक के हाथ में लोहे की एक गदा थी, और वे दोनों मुझे नरक की ओर ले जा रहे थे, और मैं उनके बीच में था और अल्लाह को पुकार रहा था, "हे अल्लाह! मैं नरक से तुम्हारी शरण चाहता हूँ।" फिर मैंने देखा कि मेरा सामना एक अन्य देवदूत से हो रहा है जिसके हाथ में लोहे की गदा है। उन्होंने मुझसे कहा, "डरो मत, यदि तुम केवल अधिक बार प्रार्थना करोगे तो तुम एक उत्कृष्ट व्यक्ति बनोगे।" सो वे मुझे यहां तक ले गए, कि उन्होंने मुझे अधोलोक के किनारे पर रोक दिया, और क्या देखा, कि वह भीतर कुएं के समान बना है, और उसके किनारे कुएं के समान खम्भे हैं, और हर एक खम्भे के पास एक स्वर्गदूत है, जो लोहे की गदा लिए हुए है। मैंने उसमें बहुत से लोगों को लोहे की जंजीरों से उलटे लटके हुए देखा, और मैंने उसमें क़ुरैश के कुछ लोगों को पहचान लिया। फिर (स्वर्गदूत) मुझे दाहिनी ओर ले गये। मैंने यह सपना (मेरी बहन) हफ्सा को बताया और उसने इसे अल्लाह के रसूल को बताया। अल्लाह के रसूल ने कहा, "इसमें कोई शक नहीं, 'अब्दुल्ला एक अच्छा इंसान है।" (नफ़ी' ने कहा, "तब से 'अब्दुल्ला बिन' उमर बहुत प्रार्थना करते थे।)

खंड 9, पुस्तक 87, संख्या 156:

इब्न उमर ने रिवायत किया:

मैं पैगंबर के जीवनकाल के दौरान एक युवा अविवाहित व्यक्ति था। मैं मस्जिद में सोता था. जो कोई स्वप्न देखता, वह उसे पैगम्बर को सुनाता। मैंने कहा, "हे अल्लाह! यदि तेरे साथ मेरे लिए कोई भलाई है, तो मुझे एक सपना दिखाओ ताकि अल्लाह के रसूल मेरे लिए इसका अर्थ बता सकें।" तो मैं सो गया और (एक सपने में) देखा कि दो स्वर्गदूत मेरे पास आए और मुझे अपने साथ ले गए, और उन्हें एक और स्वर्गदूत मिला जिसने मुझसे कहा, "डरो मत, तुम एक अच्छे इंसान हो।" वे मुझे आग की ओर ले गए, और देखो, वह अंदर एक कुएं की तरह बना हुआ था, और उसमें मैंने लोगों को देखा, जिनमें से कुछ को मैं पहचान गया, और फिर फ़रिश्ते मुझे दाहिनी ओर ले गए। सुबह मैंने हफ्सा से उस सपने का जिक्र किया। हफ्सा ने मुझे बताया कि उसने पैगंबर से इसका जिक्र किया था और उन्होंने कहा, "'अब्दुल्ला एक धर्मी व्यक्ति है यदि वह केवल रात में अधिक प्रार्थना करता है।" (अज़-ज़ुहरी ने कहा, "उसके बाद, 'अब्दुल्ला रात में अधिक प्रार्थना करते थे।')खंड 9, पुस्तक 87, संख्या 157:

अब्दुल्ला बिन उमर से रिवायत है:

मैंने अल्लाह के रसूल को यह कहते सुना, "जब मैं सो रहा था, मैंने देखा कि दूध से भरा एक कप मेरे पास लाया गया और मैंने उसमें से पी लिया और बचा हुआ उमर बिन अल-खत्ताब को दे दिया।" उन्होंने पूछा। आपने (स्वप्न के बारे में) क्या व्याख्या की है? हे अल्लाह के रसूल?" पैगंबर ने कहा। "(यह धार्मिक ज्ञान है।"

खंड 9, पुस्तक 87, संख्या 158:

अब्दुल्ला बिन अब्बास से रिवायत है:

अल्लाह के रसूल ने कहा, "जब मैं सो रहा था, तो मेरे दोनों हाथों में दो सोने की चूड़ियाँ डाल दी गईं, इसलिए मैं डर गया (डर गया) और इसे नापसंद किया, लेकिन मुझे उन्हें उड़ाने की अनुमति दी गई, और वे उड़ गए। मैं इसकी व्याख्या इस प्रकार करता हूं  दो झूठों का प्रतीक जो प्रकट होंगे।" 'उबैदुल्लाह ने कहा, "उनमें से एक अल-अंसी था जिसे यमन में फ़ैरुज़ ने मार डाला था और दूसरा मुसैलामा (नजद में) था।

खंड 9, पुस्तक 87, संख्या 159:

अबू मूसा से रिवायत है:

पैगंबर ने कहा, "मैंने एक सपने में देखा कि मैं मक्का से एक ऐसी भूमि पर जा रहा हूं जहां खजूर के पेड़ थे। मैंने सोचा कि यह अल-यमामा या हजार की भूमि हो सकती है, लेकिन देखो, यह यत्रिब निकला  (अर्थात मदीना)। और मैंने वहां गायों को (वध किया जा रहा था) देखा, लेकिन अल्लाह द्वारा दिया गया इनाम (सांसारिक लाभों से) बेहतर है। देखो, वे गायें युद्ध के दिन (जो मारे गए थे) विश्वासियों का प्रतीक साबित हुईं ) उहुद का, और अच्छा (जो मैंने सपने में देखा था) वह अच्छाई और इनाम और सच्चाई थी जो अल्लाह ने बद्र की लड़ाई (या उहुद की लड़ाई) के बाद हमें दी थी और वह अल्लाह द्वारा दी गई जीत थी  खैबर की लड़ाई और मक्का की विजय)।

खंड 9, पुस्तक 87, संख्या 160:

अबू हुरैरा से रिवायत है:

अल्लाह के रसूल ने कहा, "हम (मुसलमान) आखिरी (आने वाले) हैं लेकिन (पुनरुत्थान के दिन) सबसे आगे (होंगे)।" अल्लाह के रसूल ने आगे कहा, "सोते समय मुझे दुनिया के खजाने दिए गए और दो सोने की चूड़ियाँ मेरे हाथों में दी गईं, लेकिन मुझे बहुत गुस्सा आया और उन दो चूड़ियों ने मुझे बहुत परेशान किया, लेकिन मुझे प्रेरणा मिली कि मुझे ऐसा करना चाहिए  उन्हें उड़ा दो, इसलिए मैंने उन्हें उड़ा दिया और वे उड़ गये।  तब मैंने व्याख्या की कि वे दोनों चूड़ियाँ झूठी थीं जिनके बीच मैं था (अर्थात, एक साना की और एक यममा की)।"

खंड 9, पुस्तक 87, संख्या 161:

अब्दुल्लाह से रिवायत है:

पैगंबर ने कहा, "मैंने (एक सपने में) गंदे बालों वाली एक काली महिला को मदीना से बाहर जाते और महैया, यानी अल-जुहफ़ा में बसते हुए देखा। मैंने इसे मदीना की महामारी के उस स्थान पर स्थानांतरित होने के प्रतीक के रूप में व्याख्या की।" (अल-जुहफ़ा)।"

खंड 9, पुस्तक 87, संख्या 162:

अब्दुल्ला बिन उमर से रिवायत है:

मदीना में पैगंबर के सपने के बारे में: पैगंबर ने कहा, "मैंने (एक सपने में) गंदे बालों वाली एक काली महिला को मदीना से बाहर जाते और महैया में बसते हुए देखा। मैंने इसे (प्रतीक के रूप में) महामारी के रूप में समझा।"  मदीना को महांइया, अर्थात् अल-जुहफ़ा में स्थानांतरित किया जा रहा है।"खंड 9, पुस्तक 87, संख्या 163:

सलीम के पिता ने सुनाया:

पैगंबर ने कहा, "मैंने (एक सपने में) गंदे बालों वाली एक काली महिला को मदीना से बाहर जाते और महाइया में बसते हुए देखा। मैंने इसे मदीना की महामारी को महाइया में स्थानांतरित करने के (प्रतीक के रूप में) व्याख्या की, अर्थात, अल-जुहफ़ा।"

खंड 9, पुस्तक 87, संख्या 164:

अबू मूसा से रिवायत है:

पैगंबर ने कहा, "मैंने एक सपने में देखा कि मैंने एक तलवार लहराई और वह बीच में से टूट गई, और देखो, यह उहुद के दिन (लड़ाई के) विश्वासियों के हताहत होने का प्रतीक है। फिर मैंने फिर से तलवार लहराई, और यह पहले से भी बेहतर हो गया, और देखो, यह (मक्का की) विजय का प्रतीक है जो अल्लाह ने किया था और विश्वासियों के एकत्र होने का प्रतीक था।"

खंड 9, पुस्तक 87, संख्या 165:

इब्न अब्बास ने कहा:

पैगंबर ने कहा, "जो कोई यह दावा करता है कि उसने ऐसा सपना देखा है जो उसने नहीं देखा है, उसे जौ के दो दानों के बीच एक गांठ बनाने का आदेश दिया जाएगा जिसे वह नहीं कर पाएगा; और यदि कोई कुछ लोगों की बात सुनता है जो ऐसा करते हैं उसके जैसा नहीं (सुनने के लिए) या वे उससे दूर भागते हैं, तो पुनरुत्थान के दिन उसके कानों में पिघला हुआ सीसा डाला जाएगा; और जो कोई चित्र बनाएगा, उसे पुनरुत्थान के दिन दंडित किया जाएगा और उसे लगाने का आदेश दिया जाएगा उस चित्र में आत्मा, जो वह नहीं कर पाएगा।"

खंड 9, पुस्तक 87, संख्या 166:

इब्न अब्बास से रिवायत है:

उपरोक्तानुसार, 165.

खंड 9, पुस्तक 87, संख्या 167:

इब्न उमर ने रिवायत किया:

अल्लाह के रसूल ने कहा, "सबसे बुरा झूठ यह है कि एक व्यक्ति दावा करता है कि उसने ऐसा सपना देखा है जो उसने नहीं देखा है।"

खंड 9, पुस्तक 87, संख्या 168:

अबू सलामा ने रिवायत किया:

मैं एक सपना देखता था जो मुझे बीमार कर देता था जब तक कि मैंने अबू क़तादा को यह कहते हुए नहीं सुना, "मैं भी एक सपना देखता था जो मुझे बीमार कर देता था जब तक कि मैंने पैगंबर को यह कहते हुए नहीं सुना, " एक अच्छा सपना अल्लाह की ओर से होता है, इसलिए यदि कोई  यदि तुम में से कोई ऐसा स्वप्न देखे जो उसे अच्छा लगे, तो वह उसे अपने प्रिय के सिवा किसी से न कहे, और यदि वह कोई ऐसा स्वप्न देखे, जो उसे बुरा लगे, तो उसकी बुराई से और शैतान की बुराई से अल्लाह की शरण ले।  , और तीन बार (उसकी बाईं ओर) थूकें और इसे किसी को न बताएं, क्योंकि इससे उसे कोई नुकसान नहीं होगा।  "

खंड 9, पुस्तक 87, संख्या 169:

अबू सईद अल-खुदरी से रिवायत है:मैंने अल्लाह के रसूल को यह कहते हुए सुना, "यदि तुम में से किसी ने कोई ऐसा सपना देखा जो उसे पसंद आया, तो वह अल्लाह की ओर से था, और उसे इसके लिए अल्लाह का शुक्रिया अदा करना चाहिए और दूसरों को बताना चाहिए; लेकिन अगर उसने कुछ और देखा, यानी एक सपना जो उसने देखा  पसंद नहीं है, तो वह शैतान की ओर से है और उसे इससे अल्लाह की शरण लेनी चाहिए और इसे किसी से नहीं बताना चाहिए क्योंकि इससे उसे कोई नुकसान नहीं होगा।

खंड 9, पुस्तक 87, संख्या 170:

इब्न अब्बास से रिवायत है:

एक आदमी अल्लाह के रसूल के पास आया और बोला, "मैंने सपने में देखा, एक बादल जिसमें छाया थी। उसमें से मक्खन और शहद गिर रहा था और मैंने देखा कि लोग उसे अपने हाथों में इकट्ठा कर रहे थे, कुछ बहुत कुछ इकट्ठा कर रहे थे और कुछ थोड़ा। और देखो, एक रस्सी थी जो ज़मीन से आसमान तक फैली हुई थी, और मैंने देखा कि आप (पैगंबर) ने उसे पकड़ लिया और ऊपर चले गए, और फिर एक और आदमी ने उसे पकड़ लिया और ऊपर चला गया और (उसके बाद) एक और (तीसरे) ने उसे पकड़ लिया और ऊपर चला गया , और फिर उसके बाद दूसरे (चौथे) आदमी ने उसे पकड़ लिया, लेकिन वह टूट गया और फिर से जुड़ गया।" अबू बक्र ने कहा, "हे अल्लाह के रसूल! मेरे पिता को आपके लिए बलिदान कर दिया जाए! मुझे इस सपने की व्याख्या करने की अनुमति दें।" पैगम्बर ने उससे कहा, "इसकी व्याख्या करो।" अबू बकर ने कहा, "छाया वाला बादल इस्लाम का प्रतीक है, और उससे गिरता मक्खन और शहद कुरान का प्रतीक है, उसकी मिठास गिरती है और कुछ लोग कुरान के बारे में ज्यादा सीखते हैं और कुछ थोड़ा। रस्सी जो कि कुरान से फैली हुई है आसमान से ज़मीन तक सच्चाई है जिसका आप (पैगंबर) अनुसरण कर रहे हैं। आप इसका पालन करें और अल्लाह आपको इसके साथ ऊँचा उठाएगा, और फिर एक और व्यक्ति इसका अनुसरण करेगा और इसके साथ उठेगा और एक अन्य व्यक्ति इसका अनुसरण करेगा और फिर एक और व्यक्ति इसका अनुसरण करेगा मनुष्य इसका अनुसरण करेगा लेकिन यह टूट जाएगा और फिर यह उसके लिए जुड़ जाएगा और वह इसके साथ उठेगा। हे अल्लाह के रसूल! मेरे पिता को तुम्हारे लिए बलिदान कर दो! क्या मैं सही हूं या गलत?" पैगंबर ने उत्तर दिया, "आप इसमें से कुछ में सही हैं और कुछ में गलत हैं।" अबू बक्र ने कहा, "हे अल्लाह के पैगंबर! अल्लाह की कसम, आपको मुझे बताना होगा कि मैं क्या गलत था।" पैगंबर ने कहा, "शपथ मत लो।"

खंड 9, पुस्तक 87, संख्या 171:

समुरा बिन जुन्दुब से रिवायत है:अल्लाह के रसूल अक्सर अपने साथियों से पूछते थे, "क्या तुम में से किसी ने सपना देखा?" तो ख्वाब उसे वही लोग बताएँगे जिन्हें

अल्लाह बताना चाहता था। एक सुबह पैगंबर ने कहा, "पिछली रात दो व्यक्ति मेरे पास आए (एक सपने में) और मुझे जगाया और मुझसे कहा, 'आगे बढ़ें!" मैं उनके साथ निकला और हमारी नजर एक आदमी पर पड़ी जो लेटा हुआ था, और देखो, एक और आदमी अपने सिर के ऊपर एक बड़ी चट्टान पकड़े हुए खड़ा था। देखो, वह चट्टान को उस आदमी के सिर पर फेंक रहा था, जिससे वह घायल हो गया। चट्टान लुढ़क गई और दूर जा गिरी। फेंकने वाले ने उसका पीछा किया और उसे वापस ले लिया। जब तक वह उस आदमी के पास पहुंचा, उसका सिर सामान्य स्थिति में आ गया। फेंकने वाले ने फिर वही किया जो उसने पहले किया था। मैंने अपने दोनों साथियों से कहा, 'सुभान अल्लाह! कौन हैं ये दो व्यक्ति?' उन्होंने कहा, 'आगे बढ़ें!' तो हम आगे बढ़े और एक आदमी के पास आए जो अपनी पीठ के बल लेटा हुआ था और दूसरा आदमी उसके सिर पर लोहे का हुक लेकर खड़ा था, और देखो, उसने हुक को उस आदमी के मुंह के एक तरफ डाल दिया और उसके चेहरे के उस तरफ को फाड़ दिया। पीछे (गर्दन की) और इसी तरह उसकी नाक को आगे से पीछे और उसकी आंख को आगे से पीछे तक फाड़ दिया। फिर वह उस आदमी के चेहरे के दूसरी तरफ गया और वैसा ही किया जैसा उसने दूसरी तरफ से किया था। उसने मुश्किल से इसे पूरा किया जब दूसरा पक्ष अपनी सामान्य स्थिति में लौट आया। फिर वह वही करने के लिए उसके पास लौटा जो उसने पहले किया था। मैंने अपने दोनों साथियों से कहा, 'सुभान अल्लाह! ये दोनों व्यक्ति कौन हैं?' उन्होंने मुझसे कहा, 'आगे बढ़ें!' इसलिए हम आगे बढ़े और तन्नूर (एक प्रकार का बेकिंग ओवन, रोटी पकाने के लिए आमतौर पर मिट्टी से बना गड्ढा) जैसा कुछ मिला।" मुझे लगता है कि पैगंबर ने कहा था, "उस ओवन में बहुत शोर और आवाजें थीं।" पैगंबर ने आगे कहा, "हमने उसमें देखा और नग्न पुरुषों और महिलाओं को पाया, और देखो, आग की एक लौ नीचे से उन तक पहुंच रही थी, और जब वह उन तक पहुंची, तो उन्होंने जोर से चिल्लाया। मैंने उनसे पूछा, 'ये कौन हैं?' उन्होंने मुझसे कहा, 'आगे बढ़ें!' और इसलिए हम आगे बढ़े और एक नदी के पार आये।" मुझे लगता है कि उन्होंने कहा, "...खून की तरह लाल।" पैगंबर ने आगे कहा, "और देखो, नदी में एक आदमी तैर रहा था, और किनारे पर एक आदमी था जिसने कई पत्थर एकत्र किए थे। देखो। जब दूसरा आदमी तैर रहा था, तो वह उसके पास गया। पहले वाले ने अपना मुंह खोला और बाद वाले (किनारे पर) ने उसके मुंह में एक पत्थर फेंक दिया जिसके बाद वह फिर से तैरने लगा। वह वापस लौटा और जब भी प्रदर्शन दोहराया गया, मैंने अपने दो साथियों से पूछा, 'ये (दो) व्यक्ति कौन हैं?' उन्होंने उत्तर दिया, 'आगे बढ़ें! आगे बढ़ें!' और हम तब तक आगे बढ़ते रहे जब तक कि हम घृणित रूप वाले एक आदमी

के पास नहीं आ गए, सबसे घृणित रूप, आपने कभी किसी आदमी को देखा है! उसके बगल में आग थी और वह उसे जला रहा था और उसके चारों ओर भाग रहा था। मैंने अपने साथियों से पूछा, 'कौन है  यह आदमी)?' उन्होंने मुझसे कहा, 'आगे बढ़ें! आगे बढ़ें!'  इसलिए हम तब तक आगे बढ़े जब तक कि हम गहरे हरे घने वनस्पतियों के एक बगीचे में नहीं पहुंच गए, जिसमें सभी प्रकार के वसंत के रंग थे। बगीचे के बीच में एक बहुत लंबा आदमी था और उसकी लंबी ऊंचाई के कारण मैं मुश्किल से उसका सिर देख सकता था, और उसके चारों ओर  इतनी बड़ी संख्या में बच्चे थे जितने मैंने कभी नहीं देखे। मैंने अपने साथियों से कहा, 'यह कौन है?'  उन्होंने उत्तर दिया, 'आगे बढ़ें! आगे बढ़ें!'  इसलिए हम तब तक आगे बढ़ते रहे जब तक कि हम एक राजसी विशाल बगीचे तक नहीं पहुंच गए, जो मैंने पहले कभी नहीं देखा था उससे भी बड़ा और बेहतर! मेरे दो साथीमुझसे कहा, 'ऊपर जाओ और मैं ऊपर चला गया' पैगंबर ने आगे कहा, "इसलिए हम ऊपर चढ़े जब तक कि हम सोने और चांदी की ईंटों से बने शहर तक नहीं पहुंच गए और हम उसके द्वार पर गए और (द्वारपाल से) द्वार खोलने के लिए कहा, और यह  खोला गया और हमने शहर में प्रवेश किया और उसमें पुरुषों को पाया, जिनके शरीर का एक तरफ का हिस्सा अब तक देखे गए सबसे सुंदर व्यक्ति जितना सुंदर था, और दूसरी तरफ का सबसे बदसूरत व्यक्ति जितना बदसूरत था। मेरे दो साथियों ने उन्हें ऑर्डर किया था  लोगों ने अपने आप को नदी में फेंक दिया। देखो, एक नदी बह रही थी (नगर के पार), और उसका पानी दूध की तरह सफ़ेद था। उन लोगों ने जाकर अपने आप को उसमें फेंक दिया और फिर (अपने शरीरों को कुरूप करके) हमारे पास लौट आए  ) गायब हो गए थे और वे सबसे अच्छी स्थिति में आ गए थे।" पैगंबर ने आगे कहा, "मेरे दो साथियों (स्वर्गदूतों) ने मुझसे कहा, 'यह जगह ईडन स्वर्ग है, और वह आपकी जगह है।' मैं ने अपनी दृष्टि उठाई, और क्या देखता हूं, कि वहां मुझे श्वेत बादल के समान एक महल दिखाई पड़ा! मेरे दोनों साथियों ने मुझ से कहा, 'वह (महल) तुम्हारा स्थान है।'  मैंने उनसे कहा, 'अल्लाह तुम दोनों को आशीर्वाद दे! मुझे इसमें प्रवेश करने दो।' उन्होंने उत्तर दिया, 'अभी तो तुम इसमें प्रवेश नहीं करोगे, परन्तु (एक दिन) तुम इसमें प्रवेश करोगे। मैंने उनसे कहा, 'मैंने आज रात बहुत से चमत्कार देखे हैं। जो कुछ मैंने देखा है उसका क्या अर्थ है?'  उन्होंने उत्तर दिया, 'हम आपको सूचित करेंगे: जिस पहले व्यक्ति के बारे में आपने देखा था, जिसके सिर पर पत्थर से हमला किया गया था, वह उस व्यक्ति का प्रतीक है जो कुरान का अध्ययन करता है और फिर न तो उसे पढ़ता है और न ही उसके आदेशों पर काम करता है, और सोता है  , निर्धारित प्रार्थनाओं की उपेक्षा करना। जहाँ तक उस आदमी की बात है जिसके मुँह, नाक और

आँखें आगे से पीछे तक फटी हुई थीं, वह उस आदमी का प्रतीक है जो सुबह अपने घर से बाहर जाता है और बहुत सारे झूठ बोलता है  कि वह सारे जगत में फैल जाए। और जो नंगे पुरुष और स्त्रियां तू ने भट्टी के समान बनी हुई देखीं, वे ही व्यभिचारी और व्यभिचारिणी हैं; और जिस मनुष्य को तू ने नदी में तैरते देखा, और निगलने को पत्थर दिया,  सूदखोर (रिबा) है और वह बुरा दिखने वाला आदमी है जिसे तुमने आग के पास आग जलाते और उसके चारों ओर घूमते देखा था, वह मलिक है, नर्क का द्वारपाल और वह लंबा आदमी जिसे तुमने बगीचे में देखा था, वह इब्राहीम और उसके आसपास के बच्चे हैं  ये वे बच्चे हैं जो अल-फ़ितरा (इस्लामी आस्था) के साथ मरते हैं।"  कथावाचक ने आगे कहा: कुछ मुसलमानों ने पैगंबर से पूछा, "हे अल्लाह के रसूल! बुतपरस्तों के बच्चों के बारे में क्या?"  पैगंबर ने उत्तर दिया, "और बुतपरस्तों के बच्चे भी।"  पैगंबर ने आगे कहा, "मेरे दो साथियों ने कहा, 'जिन पुरुषों को आपने आधा सुंदर और आधा बदसूरत देखा, वे वे व्यक्ति थे जिन्होंने एक अच्छे काम को दूसरे बुरे काम के साथ मिला दिया था, लेकिन अल्लाह ने उन्हें माफ कर दिया।"

# मेरी अन्य पुस्तकें निम्न है–

| क्रमांक | पुस्तक का नाम |
|---|---|
| 1 | पृथ्वी के प्रचलित धर्म व पंथ |
| 2 | कुरान करीम का विशेष ज्ञान |
| 3 | जीवन एक पहेली व स्वास्थ्य |
| 4 | जीवन तथा भाषा की उत्पत्ति कैसे हुई? |
| 5 | इस्लाम एक परिचय व संप्रदाय |
| 6 | अल्लाह एक परिचय |
| 7 | आज भी अंल खि□ जिंदा है? |
| 8 | सात सोने वालों की रहस्यमई घटना |
| 9 | प्रार्थना, सभी धर्मों में |
| 10 | उपदेश महान लोगों के, सभी धर्मों में |
| 11 | स्वप्न, व्याख्या, प्रत्येक धर्म में |
| 12 | हारूत तथा मारुत की कहानी |
| 13 | आत्मा ( रूह) धर्म तथा विज्ञान की नजर में |
| 14 | असली सिकंदर (जुलकरनैन) |
| 15 | दुःख |
| 16 | ईश्वर, प्रार्थना, उपदेश, नास्तिक, दुःख |
| 17 | विश्व के प्रमुख धर्म मत व सम्प्रदाय |
| 18 | पवित्र कुरान एक परिचय तथा उसके अनसुलझे रहस्य |
| 19 | धर्म संस्थापक का जीवन परिचय ,सभी धर्मों के |

| 20 | समानांतर ब्रह्मांड का रहस्य |
| 21 | मौत (पवित्र कुरआन की दृष्टि में) |

यह सारी पुस्तकें अंग्रेजी संस्करण में भी उपलब्ध है। तथा कुछ अंतर्राष्ट्रीय भाषा में उपलब्ध है।

उपरोक्त पुस्तकें **notionpress.com** पर भी उपलब्ध है

मेरी ई बुक संस्करण **(निशुल्क)** निम्न है —

| क्रमांक | पुस्तक का नाम |
|---|---|
| 1 | विश्व के प्रमुख धर्म मत व सम्प्रदाय |
| 2 | पवित्र कुरान एक परिचय व उसके अनसुलझे रहस्य |
| 3 | जीवन की कुछ अनसुलझी पहेली |
| 4 | असली सिकंदर (जुलकरनैन) |
| 5 | स्वप्न (व्याख्या) धर्म तथा विज्ञान की नजर में |
| 6 | आत्मा (रूह) धर्म तथा विज्ञान की नजर में |
| 7 | मनुष्य तथा भाषा की उत्पत्ति कैसे हुई? |
| 8 | ईश्वर, प्रार्थना, उपदेश, नास्तिक, दुःख |
| 9 | हारूत तथा मारुत की कहानी |
| 10 | उपदेश महान लोगों के, सभी धर्मों में |
| 11 | प्रार्थना, सभी धर्मों में |
| 12 | सात सोने वालों की रहस्यमई घटना |
| 13 | आज भी अंल खि॒ जिंदा है? |
| 14 | अल्लाह एक परिचय |
| 15 | इस्लाम एक परिचय व सम्प्रदाय |
| 16 | अल खिज़्र एक परिचय |

| 17 | किंग सोलोमन तथा मलिका बिल्कीश ( तौरेत तथा कुरान के अनुसार) |
|----|----|
| 18 | एक इस्लामी सम्प्रदाय अहले हदीस का परिचय |
| 19 | अपना स्वास्थ्य (सेक्स संबंधी) |
| 20 | बाइबिल एक परिचय, क्या ओरिजिनल बाइबिल आज भी उपलब्ध है? |
| 21 | दुर्लभ चीजें जो मेरे पास मूल रूप में उपलब्ध है। |
| 22 | नास्तिक और बौद्ध धर्म (धम्म) |
| 23 | अधम्म क्या है? |
| 24 | अल कहफ (अर रकीम) की रहस्मय कहानी |
| 25 | धर्म संस्थापक का जीवन परिचय ,सभी धर्मों के |
| 26 | दुःख |
| 27 | समानांतर ब्रह्मांड का रहस्य |
| 28 | मौत (पवित्र कुरआन की दृष्टि में) |

# अपना व्यक्तिगत परिचय

मेरा नाम अब्दुल वहीद है, मेरे पिता का नाम स्वर्गीय हाजी उबैदुर्रहमान है व माता का नाम जैबुन्निसा है। मैंने बचपन से ही वैज्ञानिक विचारधारा को पसंद किया है और शांत स्वभाव व पुस्तकों से लगाव रहा है। जिससे मेरी रोज जिज्ञासा रुचि निरंतर नए-नए खोजों की जानकारी में प्रयुक्त रहा है। मैं B.Sc करते समय पालीटेक्निक में सेलेक्शन हो गया था, लेकिन दुर्भाग्यवश अधूरा रह गया था क्योंकि पिता और भाई का सर्वगवास हो गया था । मेरे पिता जी की दो बातें जो, मेरे जीवन के लिए अत्यंत अनमोल है <u>प्रथम– इमानदारी से कमाओ झूठ का सहारा मत लो, दूसरा– अन्न की इज्जत करो और जितना खाना हो उतना ही लो।</u> इसलिए घर की जिम्मेदारी, फिर बाद में विवाह हो जाने के कारण शिक्षा अधूरी रह गई । फिर भी हिम्मत नहीं हारा और आज आपके सामने मेरे विचारों के रूप में पुस्तक उपलब्ध है । मेरे लेख प्रसिद्ध पत्र-पत्रिकाओं में भी छप चुके हैं। यदि कोई जानकारी अधूरी रह गई हो तो कृपया जरुर अवगत कराये । पुस्तक पढ़ने के लिए धन्यवाद, कृपया मुझसे संपर्क करें–
Abdul Waheed, Barabanki, Uttar Pradesh, India (BHARAT)